IDENTIDADE

NELLA LARSEN
IDENTIDADE

Tradução
Rogerio W. Galindo

Rio de Janeiro, 2020

Copyright ®1929 by Nella Larsen / ®2020 HarperCollins Brasil
Título original: *Passing*
All rights reserved.
Todos os direitos desta publicação são reservados à Casa dos Livros Editora LTDA.

Nenhuma parte desta obra pode ser apropriada e estocada em sistema de banco de dados ou processo similar, em qualquer forma ou meio, seja eletrônico, de fotocópia, gravação etc., sem a permissão do detentor do copyright.

Diretora editorial: *Raquel Cozer*
Gerente editorial: *Alice Mello*
Editor: *Ulisses Teixeira*
Copidesque: *Daiane Cardoso*
Revisão: *Suelen Lopes*
Capa: *Leticia Quintilhano*
Imagens de capa: *Getty Images*
Diagramação: *Abreu's System*

CIP-Brasil. Catalogação na Publicação
Sindicato Nacional dos Editores de Livros, RJ

L343i

Larsen, Nella, 1891-1964
Identidade / Nella Larsen ; tradução Rogerio W. Galindo. – 1. ed. – Rio de Janeiro : Harper Collins, 2020.
160p.

Tradução de: Passing
ISBN 9786555110203

1. Ficção americana. I. Galindo, Rogerio W. II. Título.

20-65610

CDD: 813
CDU: 82-3(73)

Leandra Felix da Cruz Candido – Bibliotecária – CRB-7/6135

Os pontos de vista desta obra são de responsabilidade de seu autor, não refletindo necessariamente a posição da HarperCollins Brasil, da HarperCollins Publishers ou de sua equipe editorial.

HarperCollins Brasil é uma marca licenciada à Casa dos Livros Editora LTDA.
Todos os direitos reservados à Casa dos Livros Editora LTDA.
Rua da Quitanda, 86, sala 218 — Centro
Rio de Janeiro, RJ — CEP 20091-005
Tel.: (21) 3175-1030
www.harpercollins.com.br

Para Carl van Vechten e Fania Marinoff

Há três séculos fui retirado
Do cenário por meu pai amado
Terra, canela, capim
O que é a África para mim?

— Countee Cullen

Parte Um

Encontro

UM

Era a última carta na pequena pilha de correspondência matinal destinada a Irene Redfield. Depois das cartas comuns e com endereçamento inequívoco, o longo envelope de fino papel italiano com rabiscos quase ilegíveis parecia deslocado e estranho. Também havia nele algo de misterioso e um pouco furtivo. Algo fino e dissimulado, sem qualquer endereço para devolução que delatasse o remetente. Não que ela tivesse adivinhado de imediato quem enviara a missiva. Mais ou menos há dois anos, recebera uma carta de aparência muito similar. Furtiva, mas, de algum modo, determinada e peculiar, um pouco ostentatória. Tinta roxa. Papel estrangeiro de tamanho incomum.

A carta havia sido postada, notou Irene, no dia anterior em Nova York. Suas sobrancelhas se franziram, tornando seu olhar severo. A careta, contudo, era mais de perplexidade que de irritação, embora houvesse um pouco de ambas em seus pensamentos. Irene era completamente incapaz de compreender as motivações para aquele envio diante do infortúnio que, ela tinha certeza, o conteúdo da carta revelaria, e não gostava da ideia de abrir o envelope e ler a mensagem.

Isso, refletiu ela, era coerente com tudo que sabia sobre Clare Kendry. Sempre a um passo do perigo. Sempre consciente, mas sem recuar ou mudar de direção. Decerto, Clare não desviaria de seu propósito por causa de algum receio ou de qualquer sentimento de ultraje manifestado por terceiros.

E, por um breve instante, Irene Redfield pareceu ver uma menininha pálida sentada em um sofá azul puído, costurando retalhos de cor vermelha, enquanto o pai bêbado, um sujeito alto de compleição poderosa, vociferava, ameaçador, e andava pela sala desarrumada, bradando palavrões e dirigindo-lhe ataques desajeitados. Mesmo sendo, na maioria das vezes, ineficazes, essas investidas não deixavam de ser assustadoras. Em certas ocasiões, ele conseguia inquietá-la. Porém, o simples fato de a menina se desviar com sua humilde costura para o canto mais distante do sofá sugeria que ela, de alguma forma, ficava perturbada por aquela ameaça a si e ao seu trabalho.

Clare sabia muito bem que não era seguro pegar sequer uma fração do dólar que era seu salário semanal pelos muitos serviços que prestava à costureira que morava no último andar do prédio em que Bob Kendry era zelador. Mas saber disso não a impediu. Ela queria ir ao piquenique da escola dominical, e decidira que usaria um vestido novo. Assim, apesar de certo aborrecimento e do possível perigo, ela pegou o dinheiro para comprar o material que usaria naquele modesto traje vermelho.

A ideia que Clare Kendry fazia da vida, mesmo naquela época, não era de que deveria se sacrificar. Ela não via motivos para ser fiel a qualquer outra coisa além de seus desejos imediatos. Era egoísta, fria e exigente. E, no entanto, também demonstrava uma estranha capacidade de performar atos de ardor e paixão, chegando por vezes à beira do heroísmo teatral.

Irene, que era mais velha do que Clare um ano ou pouco mais, lembrava-se do dia em que Bob Kendry fora levado morto para casa, assassinado em uma briga de bar idiota. Clare, que naquela época mal tinha 15 anos, ficara parada com os lábios cerrados, os braços magros cruzados junto ao peito estreito, olhando para baixo e fitando o familiar rosto branco-pálido do pai com certo desdém nos oblíquos olhos negros. Por muito tempo permanecera ali, em silêncio e observando. Depois, de repente, deixara sair uma torrente de lágrimas, o corpo delgado se agitando, enquanto puxava os cabelos brilhantes e batia os pés pequenos. A explosão terminara tão rápido quanto havia começado. Ela fitara a sala vazia, assimilando a imagem de todos que estavam ali, inclusive dos dois policiais, com um olhar cortante de desprezo luminoso. No instante seguinte, já tinha dado as costas e desaparecido pela porta.

Vista em retrospecto, a cena parecia mais o extravasamento de uma fúria reprimida do que do luto transbordante pelo pai morto; embora Clare fosse, Irene precisava admitir, afeiçoada a ele de uma maneira muito própria e felina.

Felina. Certamente essa era a palavra que melhor descrevia Clare Kendry, se é que uma única palavra poderia descrevê-la. Por vezes, ela era fria e não demonstrava qualquer sentimento; em outras situações, afetuosa e impulsiva. E havia nela uma espantosa e suave malícia, oculta nas profundezas até que alguém a provocasse. Então, Clare era capaz de arranhar, e com bastante eficiência, diga-se de passagem. Ou, se levada à fúria, ela brigava com uma ferocidade e um ímpeto que a faziam desconsiderar ou esquecer qualquer perigo, força superior, inimigos ou quaisquer outras circunstâncias desfavoráveis. A selvageria com que Clare arranhara aqueles meninos no dia em que eles assobiaram para o pai dela e cantaram aquele versinho jocoso, que ressaltava as excentricidades de seu andar cambaleante! E com que determinação...

Irene trouxe seus pensamentos de volta ao presente, para a carta de Clare Kendry que ela ainda segurava nas mãos, sem abrir. Com certa apreensão, cortou o envelope devagar, tirou dele as folhas dobradas, espalhou-as e começou a ler.

Era, viu de imediato, o que esperava desde que soube pelo carimbo postal que Clare estava na cidade. Um desejo, fraseado de maneira extravagante, de voltar a se encontrar com Irene. Bom, ela não precisava daquilo e não consentiria um encontro, pensou. Nem ajudaria Clare a realizar seu tolo desejo de voltar, mesmo que por um segundo, àquela vida que havia muito tempo, e por vontade própria, ela tinha deixado para trás.

Irene passou os olhos pela carta, decifrando, da melhor maneira possível, as palavras dispostas sem cuidado ou intuindo o significado delas.

"... porque estou sozinha, tão sozinha... não tenho como evitar querer estar com você de novo, de um jeito como nunca quis nada antes; e já quis muita coisa nesta vida... Você não sabe como nessa minha vida desbotada fico vendo o tempo todo imagens brilhantes daquela outra, da qual certa vez fiquei feliz de me libertar... É como uma dor, uma dor que nunca acaba..." Folhas e folhas finíssimas disso. E enfim terminando com: "E a culpa é sua, Irene querida. Pelo menos em parte. Pois acho que não sentiria agora esse desejo terrível, incontrolável, se não tivesse visto você aquela vez em Chicago..."

Rubros trechos brilhantes surgiram no rosto quente, cor de oliva, de Irene.

"Aquela vez em Chicago." As palavras saltavam do meio dos muitos parágrafos, trazendo com elas uma memória clara, lancinante, em que mesmo agora, após dois anos, a humilhação, o ressentimento e a raiva se mesclavam.

DOIS

Eis o que Irene Redfield lembrou.

Chicago. Agosto. Um dia brilhante e calorento, com um sol brutal derramando raios que eram como chuva incandescente. Um dia em que os contornos dos edifícios estremeciam como se protestassem contra o calor. Trêmulas linhas subiam do asfalto em cozimento e se contorciam pelas ruas reluzentes. Os automóveis estacionados na sarjeta eram como chamas bruxuleantes, e o vidro das vitrines fulguravam em ofuscante esplendor. Partículas penetrantes de poeira subiam das calçadas ardentes, picando a pele ressequida ou suada dos esmorecidos pedestres. A pouca brisa parecia o hálito de uma fogueira espalhado por lentos foles.

Foi naquele dia, dentre tantos outros, que Irene saiu para comprar as coisas que prometera levar de Chicago para casa, para os dois filhos pequenos, Brian Júnior e Theodore. Bem a seu modo, ela adiara aquilo até que restassem apenas uns poucos dias atribulados de sua longa visita. E aquele dia sufocante era o único livre de compromissos até a noite.

Ela conseguiu o avião de brinquedo para Júnior sem muita dificuldade. No entanto, o livro de desenhos, sobre o qual Ted tanto insistira, com instruções sérias e precisas, a obrigou a entrar e sair de cinco lojas sem sucesso.

Foi quando estava indo rumo à sexta loja que, bem diante de seus olhos castigados pelo sol, um homem caiu e se tornou um amontoado inerte no cimento escaldante. Em torno da figura inanimada reuniu-se uma pequena multidão. "Será que o sujeito está morto ou só desmaiou?", perguntou-lhe alguém. Mas Irene não sabia e nem tentou descobrir. Afastou-se da turba crescente, sentindo-se desagradavelmente úmida, pegajosa e suja pelo contato de tantos corpos suados.

Por um momento, ela ficou se abanando e tocando no próprio rosto úmido com um retalho que lhe servia como lenço. De repente, se deu conta de que toda a rua estava com uma aparência vacilante e percebeu que estava prestes a desmaiar. Constatando a necessidade de segurança imediata, ergueu a mão e acenou na direção de um táxi estacionado bem em frente a ela. O motorista suado saltou e conduziu-a até o carro. Ele a ajudou a entrar, quase a colocando dentro do veículo. Irene afundou no banco quente de couro.

Por um minuto seus pensamentos estavam nebulosos. Então, ficaram mais claros.

— Acho — disse ela a seu bom samaritano — que preciso de chá. Em uma cobertura, em algum lugar.

— O Drayton, madame? — sugeriu ele. — Dizem que lá em cima sempre tem uma brisa.

— Obrigada. Acho que o Drayton está ótimo — respondeu ela.

Houve aquele pequeno chiado da embreagem sendo solta quando o sujeito mudou a marcha e deslizou para o meio do tráfego fervilhante. Recuperando o fôlego com a brisa quente que o táxi gerava ao se movimentar, Irene ensaiou algumas pequenas tentativas de consertar os estragos que o calor e a multidão fizeram a sua aparência.

Pouco depois, o ruidoso veículo foi em direção ao meio-fio e parou. O motorista saltou e abriu a porta antes que o enfeitado porteiro pudesse fazê-lo. Ela saiu, e, agradecendo com um sorriso e de uma maneira mais substancial pela ajuda gentil e pela compreensão, entrou pelas amplas portas do Drayton.

Ao sair do elevador que a levou à cobertura, Irene foi conduzida a uma mesa bem em frente a uma longa janela, cujas cortinas, que se moviam com suavidade, sugeriam uma brisa fresca. Aquilo era, pensou, como ser elevada em um tapete mágico rumo a um novo mundo, agradável, silencioso e estranhamente distante daquele outro fervente, que deixara lá embaixo.

O chá, quando chegou, era tudo que ela desejava e esperava. Na verdade, aquilo era tanto o que ela havia desejado e esperado que, após o primeiro e demorado gole refrescante, pôde se esquecer da bebida, tomando pequenos sorvos do copo verde e alto de vez em quando, um pouco distraída, enquanto inspecionava o ambiente ou olhava para os prédios mais baixos no impassível azul do lago rumo a um horizonte sem fim.

Irene passou algum tempo olhando para baixo, vendo as manchinhas dos carros e das pessoas se arrastando pelas ruas, pensando em como elas pareciam tolas, quando, de repente, ao pegar o copo, ficou surpresa de perceber que enfim estava vazio. Pediu mais chá e, enquanto esperava, começou a se lembrar dos acontecimentos do dia e a pensar sobre o que faria com Ted e seu livro. Por que ele quase sempre queria alguma coisa difícil ou impossível de encontrar? Igualzinho ao pai. Sempre querendo algo que não podia ter.

Agora ouvia vozes, a estrondosa de um homem e a ligeiramente rouca de uma mulher. Um garçom passou por ela, seguido de uma moça com um perfume doce em um vestido esvoaçante de chiffon verde cujo padrão de narcisos, junquilhos e jacintos era um lembrete dos dias frescos e agradáveis da primavera. Atrás dela, havia um homem, com o rosto bastante vermelho, secando o pescoço e a testa com um grande lenço amarrotado.

— Ah, não — sussurrou Irene, exasperada, a voz um pouco áspera pela irritação, porque, depois de uma pequena discussão e de alguma agitação, o grupo tinha parado na mesa bem ao lado. Ela estava sozinha perto da janela e achava o silêncio satisfatório. Agora, claro, eles iam tagarelar.

Mas não. Apenas a mulher se sentou. O sujeito permaneceu de pé, mexendo, distraído, no nó da gravata azul-brilhante. A voz dele viajava com clareza pelo espaço que separava as mesas.

— Vejo você mais tarde, então — disse ele, olhando para a mulher. Seu tom era de prazer, e ele ostentava um sorriso.

Os lábios da mulher se separaram e deram alguma resposta, mas suas palavras foram borradas pela pequena distância e pela mescla de ruídos vindos das ruas lá embaixo. Não chegaram a Irene. Porém, ela observou o sorriso peculiarmente carinhoso que as acompanhou.

O homem disse:

— Bom, acho melhor eu ir. — Ele sorriu de novo, deu tchau e foi embora.

Era uma mulher atraente, na opinião de Irene, com aqueles olhos escuros, quase negros, e a boca de lábios grossos que lembrava uma flor escarlate em contraste com o mármore da pele. As roupas também eram boas, perfeitas para o clima, finas e frescas sem parecerem amarrotadas, como acontece tantas vezes com tecidos de verão.

Um garçom anotava o pedido dela. Irene viu que a mulher sorriu ao sussurrar algo — um agradecimento, talvez. Era um tipo estranho de sorriso. Irene não sabia defini-lo bem, mas estava certa de que, vindo de outra mulher, classificaria como um pouquinho provocativo para se dirigir a um garçom. Naquele sorriso, no entanto, havia algo que a fazia hesitar em usar essa palavra. Certa impressão de autoconfiança, quem sabe.

O garçom voltou com o pedido. Irene viu a mulher abrir o guardanapo sobre o colo, viu a colher de prata na mão branca fender o ouro baço do melão. Então, consciente de que estava a encarando, desviou o olhar.

Seus pensamentos se voltaram para os próprios assuntos. Ela resolvera qual dos dois vestidos era o mais apropriado para o jogo de bridge daquela noite, em salas cuja atmosfera estaria tão densa e quente que, toda vez que inspirasse, seria como se estivesse inalando sopa. Vestido escolhido, os pensamentos dela se voltaram ao problema do livro de Ted, seus olhos focando algo distante, o lago, quando, por algum sexto sentido, tornou-se consciente de que alguém a observava.

Muito devagar, Irene observou ao redor e viu os olhos escuros da mulher de vestido verde da mesa ao lado. Mas era evidente que ela não tinha se dado conta de que um interesse tão intenso como o que demonstrava poderia ser constrangedor, e continuou olhando. Seu comportamento era o de alguém que, com extrema dedicação e propósito, estava decidido a lembrar de modo firme e preciso cada detalhe dos traços de Irene até o fim dos tempos, e sequer demonstrava o menor vestígio de embaraço por ter sido detectada em seu escrutínio.

Pelo contrário, foi Irene quem ficou incomodada. Sentindo que corava sob a inspeção contínua, baixou o olhar. Qual, ela se perguntou, poderia ser a razão para tamanha atenção? Será que, na pressa do táxi, colocara o chapéu ao contrário? Com cuidado, ela o apalpou. Não. Talvez uma mancha de pó de arroz em seu rosto. Ela passou rapidamente o lenço pelas bochechas. Algo errado com o vestido? Deu uma olhadela. Tudo perfeito. O que era então?

Mais uma vez ergueu o olhar e, por um momento, seus olhos castanhos devolveram o olhar daqueles olhos negros de maneira educada, mas nem por um instante se abaixaram ou hesitaram. Em sua mente, Irene deu de ombros. Tudo bem, deixe-a olhar! Tentou tratar a mulher e seu olhar com indiferença, mas não conseguiu. Todos os esforços feitos para ignorá-la, ignorar aquilo, eram inúteis. Deu outra olhadela. Ela ainda observava. Que estranhos olhos lânguidos!

E, aos poucos, cresceu em Irene uma pequena perturbação interior, odiosa e detestavelmente familiar. Ela abriu um sorriso suave, mas seus olhos brilharam.

Será que aquela mulher poderia saber, será que ela, de algum modo, tinha como saber que ali, diante de seus olhos na cobertura do Drayton, estava sentada uma negra?

Absurdo! Impossível! Os brancos eram muito estúpidos em relação a essas coisas, embora, em geral, dissessem que sabiam reconhecer a diferença — e pelos meios mais ridículos, como as unhas, a palma da mão, o formato das orelhas, os dentes e outras tantas tolices. Sempre achavam que ela era italiana, espanhola, mexicana ou cigana. Nunca, quando estava sozinha, pareceram ter a mínima suspeita de que ela era negra. Não, a mulher que a encarava não tinha como saber.

No entanto, Irene sentiu raiva, desprezo e medo se infiltrarem. Não que tivesse vergonha de ser negra, não se envergonhava nem mesmo de dizer isso. Era a ideia de ser expulsa de um lugar, ainda que do modo polido e diplomático com que a equipe do Drayton provavelmente faria, que a incomodava.

Irene, porém, olhou, dessa vez com coragem, para os olhos que continuavam compenetrados nela sem tentar se esconder. Não achou que aquele olhar fosse hostil ou de ressentimento. Pelo contrário, teve a impressão de que a mulher estava pronta para sorrir, caso ela mesma sorrisse. Absurdo, é claro. A impressão passou, e Irene desviou o olhar com a firme intenção de observar o lago, o topo dos edifícios do outro lado da rua, o céu, qualquer coisa que não fosse aquela mulher irritante. Quase de imediato, no entanto, seu olhar retornou. Em meio à névoa de sua inquietação, ela fora capturada por um desejo de encarar a rude observadora até que a desconhecida desviasse o olhar. Imaginava que sem dúvida a mulher soubesse sua raça ou que ao menos suspeitasse do fato. Ela não tinha como provar.

De repente, seu pequeno receio cresceu. A vizinha de mesa havia se levantado e estava vindo na direção de Irene. O que ia acontecer?

— Perdão — disse a mulher, de modo agradável —, mas acho que conheço você. — Sua voz, um pouco rouca, tinha certo tom de ambiguidade.

Olhando para ela, as suspeitas e os receios de Irene desapareceram. Era inquestionável que se tratava de um sorriso amistoso, e não havia como resistir a seu charme. Na mesma hora, Irene se rendeu e sorriu de volta, respondendo:

— Receio que esteja enganada.

— Ah, mas é claro que conheço você! — exclamou a mulher. — Você é Irene Westover, não é? Ou ainda a chamam de Rene?

No breve segundo antes da resposta, Irene tentou em vão se lembrar de onde e de quando poderia ter conhecido aquela mulher. Ali, em Chicago. E antes de seu casamento. Essa parte era evidente. Escola? Faculdade? Comitês de grupos de jovens cristãos? O mais provável era a escola. Quais moças brancas ela conheceu tão bem a ponto de que a chamassem de Rene? A mulher diante dela não se encaixava na memória de nenhuma delas. Quem era ela?

— Sim, sou Irene Westover. E apesar de ninguém mais me chamar de Rene, é bom ouvir esse apelido de novo. E você? — perguntou ela, hesitante e envergonhada de não conseguir lembrar, na esperança de que uma frase completasse a outra.

— Não me reconhece? Não mesmo, Rene?

— Desculpe, mas agora parece que não consigo lembrar.

Irene estudou a bela criatura de pé a seu lado em busca de alguma pista de sua identidade. Quem poderia ser? Em que lugar e época teriam se conhecido? E, atravessando sua perplexidade, surgiu o pensamento de que o truque que sua memória lhe pregava, por alguma razão, era mais gratificante que decepcionante para sua velha conhecida, pois ela não parecia se incomodar em não ser reconhecida.

Além disso, Irene achou que estava prestes a se lembrar dela. Porque aquela mulher tinha alguma coisa, algo intangível, vago demais para ser definido, remoto demais para ser percebido, mas que, para Irene Redfield, era bastante familiar. E aquela voz. Com certeza ouvira aquelas notas roucas antes. Pode ser que antigamente houvesse um contato ou algo naquela voz que sugeria, ainda que de forma remota, a

Inglaterra. Ah! Será que fora na Europa que se conheceram? Rene. Não.

— Talvez — falou Irene —, você...

A mulher riu, uma gargalhada adorável, uma breve sequência de notas que parecia um gorjeio e que também lembrava um sino delicado feito de um metal precioso, um tilintar.

Irene começou a respirar rápido.

— Clare! — exclamou ela. — Você é Clare Kendry?

O espanto de Irene foi tão grande que ela começou a se erguer.

— Não, não, não se levante — falou Clare Kendry, e ela mesma acabou se sentando. — Você só tem que ficar e conversar. Vamos pedir mais alguma coisa. Chá? Que curioso encontrar você aqui! Que sorte incrível!

— Uma surpresa imensa — disse Irene à conhecida e, percebendo a mudança no sorriso de Clare, soube que revelara algo sobre os próprios pensamentos. Mas falou apenas:
— Jamais teria reconhecido você se não fosse pela risada. Você mudou, sabe. E, no entanto, em certo sentido, continua a mesma.

— Pode ser — respondeu Clare. — Ah, só um segundo.

Ela dedicou sua atenção ao garçom que parara a seu lado.

— Hmmm, vejamos. Dois chás. E traga alguns cigarros. Sim, é isso. Obrigada.

De novo aquele sorriso. Agora, Irene tinha certeza de que era um sorriso provocativo demais para dar a um garçom.

Enquanto Clare ditava ordens ao garçom, Irene fez um rápido cálculo mental. Devia fazer uns doze anos desde que ela ou qualquer pessoa que conhecia vira Clare Kendry pela última vez.

Depois da morte do pai, ela foi morar com parentes, tios ou primos de segundo ou terceiro grau, na parte oeste da cidade — parentes que ninguém sabia que Clare tinha até eles aparecerem no funeral e a levarem.

Por aproximadamente um ano ou mais depois disso, Clare apareceu em algumas ocasiões na parte sul da cidade para ver os amigos e conhecidos em visitas curtas que eram, do ponto de vista deles, sempre furtadas às infinitas horas de tarefas domésticas na nova casa. A cada visita, ela chegava maior, mais esfarrapada e mais beligerante. E, a cada vez, o olhar dela tinha mais ressentimento e desânimo. "Estou preocupada com Clare, ela parece tão infeliz", Irene se lembrava de ouvir a mãe dizer.

As visitas minguaram, ficaram mais curtas e raras, cada vez mais distantes até por fim cessarem.

O pai de Irene, que gostava de Bob Kendry, fez uma visita especial à região oeste da cidade uns dois meses depois da última vez que Clare fora visitá-los. Voltou com a única informação de que viu os parentes e de que a garota tinha sumido. O que mais ele disse para a mãe dela, na privacidade do quarto, Irene não sabia.

No entanto, ela tinha algo que era mais que uma vaga suposição sobre a natureza dessa informação. Porque havia boatos. Boatos que eram, para meninas de 18 e 19 anos, interessantes e empolgantes.

Teve aquele que dizia que Clare Kendry foi vista na hora do jantar em um hotel da moda na companhia de outra mulher e dois homens, todos brancos. E *com roupas caras*! E outro que dizia que ela foi vista em um carro com um homem, evidentemente branco e rico. Uma limusine Packard, motorista de uniforme e tudo mais. Também houve alguns cujo contexto Irene não recordava; mas todos apontavam para a mesma direção glamourosa.

E ela lembrava bem como, ao repetir e discutir essas histórias animadoras sobre Clare, as garotas sempre olhavam umas para as outras com ares de sabichonas, dando risadinhas empolgadas, desviando os olhinhos ávidos e brilhantes e dizendo, com uma pontinha de lamento ou descrença, coisas como: "Ah, pode ser que ela tenha arranjado um emprego ou algo assim", ou "No fim das contas, talvez não fosse Clare", ou "Não dá para acreditar em tudo que a gente escuta".

E sempre alguma das garotas, menos emocional ou mais maliciosa que as outras, dizia: "É óbvio que era Clare! Ruth disse, e Frank também, e com certeza os dois sabem reconhecer Clare tão bem quanto nós." E outra pessoa respondia: "Verdade, pode apostar que era Clare." Então, todas passavam a afirmar que não tinha erro e que era Clare mesmo, e que aquelas circunstâncias só podiam significar uma coisa. Trabalho coisa nenhuma! As pessoas não levavam seus funcionários para jantar no Shelby. E certamente não tão arrumados. Em seguida, vinham lamentos falsos, e alguém falava: "Pobre menina, acho que deve ser verdade então, mas o que deveríamos ter esperado? Veja o pai dela. E a mãe, dizem, teria fugido se não tivesse morrido antes. Além disso, Clare tinha um... um... *jeito* de conseguir as coisas."

Exatamente! Irene relembrou as palavras sentada ali na cobertura do Drayton, olhando para Clare Kendry. "Um jeito de conseguir as coisas." Bom, a julgar pela aparência e pelos modos, parecia que tivera êxito em conseguir algumas das coisas que desejava.

Era, Irene voltou a dizer, após Clare terminar de fazer o pedido ao garçom, uma grande e agradável surpresa encontrá-la depois de todos aqueles anos, ao menos doze.

— Céus, Clare, você era a última pessoa do mundo que eu esperava encontrar. Acho que foi por isso que não a reconheci.

— Sim. Doze anos — respondeu ela. — Mas não estou surpresa em vê-la, Rene. Quer dizer, nem tanto. Na verdade, desde que cheguei aqui, em algum momento esperava encontrá-la, ou, ao menos, encontrar alguém. Mas, de preferência, você. Imagino que seja por eu ter pensado tanto em você, enquanto... aposto que nunca mais pensou em mim.

Ela tinha razão. Depois das especulações e acusações iniciais, Clare sumiu por completo da mente de Irene. E dos pensamentos dos outros também — se é que as conversas eram algum indício do que se passava na cabeça deles.

Além disso, Clare nunca tinha feito parte do grupo de fato, assim como jamais fora apenas a filha do zelador, era a filha do sr. Bob Kendry, que, verdade, ocupava aquele cargo, mas que também, ao que parecia, frequentara a faculdade com os pais de alguns deles. Como acabou virando zelador, e, aliás, um bastante ineficiente, nenhum deles sabia. Um dos irmãos de Irene, que fez a pergunta ao pai, ouviu como resposta: "Você não tem nada com isso", e ainda recebeu o conselho de não acabar do mesmo jeito que o "pobre Bob".

Não, Irene não pensara em Clare Kendry. A vida dela, por si só, já tinha sido bastante agitada. E, ela supunha, o mesmo valia para as outras pessoas. Ela defendeu o esquecimento.

— Você sabe como é... Todo mundo vive tão ocupado. As pessoas vêm e vão, seguem seu caminho, talvez por um tempo todo mundo fale delas ou faça perguntas; depois, aos poucos, elas são esquecidas.

— Sim, é natural — concordou Clare.

E o que, quis saber Clare, haviam dito sobre ela durante aquele breve intervalo antes de começarem a esquecê-la?

Irene desviou o olhar. Sentiu que a cor de seu rosto a traía.

— Você não pode esperar que eu me lembre de futilidades assim depois de doze anos de tantos casamentos, nascimentos, mortes e também da guerra.

Seguiu-se aquele gorjeio de notas que era a risada de Clare Kendry, breve e clara, a própria essência da zombaria.

— Ah, Rene! — disse ela. — Claro que lembra! Mas não vou obrigá-la a contar, porque sei exatamente o que foi, como se tivesse estado lá para ouvir cada palavra cruel. Ah, eu sei, eu sei. Frank Danton me viu no Shelby certa noite. Não vá me dizer que ele não espalhou isso, e com riqueza de detalhes. Pode ser que outros tenham me visto algumas vezes. Não sei. No entanto, em uma ocasião encontrei Margaret Hammer no Marshal Field's. Eu ia falar com ela, estava prestes a fazer isso, mas Margaret fingiu não me ver. Minha cara Rene, garanto que, pelo jeito como o olhar dela me atravessou, até eu fiquei sem saber se estava mesmo ali. Lembro nitidamente, até demais. Foi essa cena que, de certo modo, me fez decidir não ir vê-la uma última vez antes de ir embora para sempre. Às vezes, apesar de todos vocês, a família toda, terem sido bons com a criança desamparada que eu era, achava que não conseguiria suportar. Digo, se qualquer um de vocês, sua mãe, ou os meninos, ou… Ah, bem, achei que era melhor não saber se fosse o caso. E, por isso, me mantive afastada. Tolice, imagino. De vez em quando, lamento não ter ido.

Irene se perguntou se os olhos de Clare estavam tão luminosos por causa de lágrimas.

— E agora, Rene, quero ouvir tudo sobre você, e todos os outros, e todas as coisas. Você se casou, imagino.

Irene assentiu.

— É claro — disse Clare, como se soubesse —, você com certeza ia se casar. Conte para mim.

E assim, por uma hora ou mais, as duas ficaram ali sentadas fumando, bebendo chá e preenchendo lacunas de doze anos com conversa. Quer dizer, Irene fez isso. Contou a Clare sobre seu casamento e a mudança para Nova York, sobre seu marido, os dois filhos — que, pela primeira vez, passavam pela experiência de ficar longe dos pais em um acampamento de verão —, sobre a morte da mãe, os casamentos dos irmãos. Falou sobre uniões matrimoniais, nascimentos e mortes em outras famílias que Clare conhecera, abrindo para ela novas janelas por onde ver a vida de velhos amigos e conhecidos.

Clare sorveu tudo aquilo, aquelas coisas que por tanto tempo quis saber e não teve como descobrir. Permaneceu sentada, imóvel, os lábios brilhantes um pouco separados, o rosto inteiro iluminado pelo resplendor de seus olhos felizes. De vez em quando, ela fazia uma pergunta, mas, na maior parte do tempo, ficava em silêncio.

Em algum lugar lá fora, um relógio anunciou as horas. Trazida ao presente, Irene olhou para o próprio relógio e exclamou:

— Ah, preciso ir, Clare!

Passou-se um momento durante o qual ela foi tomada por um desconforto. De repente, ocorreu-lhe que não perguntara nada sobre a vida da amiga e que definitivamente não estava disposta a fazer isso. Irene sabia muito bem o motivo dessa relutância. Mas, ela se questionou, levando tudo em conta, se evitar perguntas não poderia ser a maior das gentilezas. Se a

história da amiga ocorrera de fato como era a suspeita dela —
e de todos —, não seria mais diplomático parecer que ela se
esquecera de perguntar como Clare passou aqueles doze anos?

Se? Era aquele "se" que a incomodava. Podia ser, por
menor que fosse a possibilidade, que, apesar de toda a fofoca
e mesmo das aparências em contrário, que não houvesse
nada, que não tivesse acontecido nada e que tudo pudesse
ser explicado de forma simples e inocente. As aparências, ela
sabia agora, por vezes não se encaixavam nos fatos, e se Clare
não tinha... bom, caso todos eles estivessem errados, então
com certeza Irene deveria demonstrar algum interesse no
que aconteceu com a amiga. Pareceria estranho e rude não
fazer isso. Mas como podia saber? Não havia como, acabou
decidindo; por isso, apenas repetiu.

— Preciso ir, Clare.

— Por favor, não tão cedo, Rene — respondeu, sem se
mover.

Irene pensou: "Ela é quase bonita demais mesmo. Não é
de espantar que..."

— Agora, Rene querida, que encontrei você, pretendo
vê-la muitas outras vezes. Vamos ficar pelo menos um mês
na cidade. Jack, meu marido, está aqui a negócios. Coitadi-
nho! Nesse calor. Não é terrível? Venha jantar conosco hoje
à noite, que tal?

A mulher a olhou de um modo curioso, oblíquo, com um
sorriso astuto e irônico que surgiu em seus lábios carnudos e
vermelhos, como se estivesse lendo os pensamentos de Irene
e zombando dela em segredo.

Irene percebeu a própria respiração forte, mas se foi alívio ou desgosto o que sentiu, não saberia dizer. Respondeu,
apressada:

— Infelizmente, não posso, Clare. Estou cheia de compromissos. Jantar e bridge. Desculpe.

— Então apareça amanhã, para o chá — insistiu Clare.

— Aí você vai poder ver Margery. Ela acabou de completar 10 anos, e quem sabe Jack também, se ele não estiver em um compromisso ou algo assim.

Irene deu um pequeno sorriso desconfortável. Ela também tinha compromisso no dia seguinte e achava que Clare não ia acreditar. De repente, aquela possibilidade passou a perturbá-la. Assim, um tanto aborrecida com a sensação de que a culpa que lhe sobreveio não era merecida, ela explicou que não seria possível porque não estava disponível para o chá, assim como não estaria para o almoço ou para o jantar.

— E depois de amanhã é sexta-feira, e vou fazer um passeio de fim de semana. Idlewild, sabe. Só se fala desse lugar agora.

E, então, lhe veio uma inspiração.

— Clare! — exclamou. — Por que não vem comigo? Nosso apartamento provavelmente está cheio, pois a esposa de Jim tem a mania de chamar grupos enormes de pessoas, mas sempre há lugar para mais um. E você vai poder encontrar todo mundo.

Assim que fez o convite, Irene se arrependeu. Que tolice, a que impulso idiota ela tinha cedido! Lamentou ao pensar nas infinitas explicações que teria que dar, na curiosidade, nas conversas e nas sobrancelhas arqueadas. Não que ela fosse esnobe, disse a si mesma, pois não se importava muito com as restrições e distinções mesquinhas do que aquilo que ela chamava de alta sociedade negra decidira se cercar; tinha uma aversão natural e profundamente arraigada ao tipo de notoriedade que a presença de Clare Kendry em Idlewild, como sua convidada, iria causar. E ali estava ela, contrariando tudo que era racional, convidando-a.

Mas Clare balançou a cabeça.

— Eu adoraria, Rene — respondeu ela, com certo tom de lamento. — Não há nada de que eu fosse gostar mais. Mas não posso. Não devo, veja bem. Não daria certo. Tenho certeza de que entende. Estou louca para ir, mas não posso.

Os olhos negros reluziram e houve uma suspeita de tremor na voz rouca.

— E acredite, Rene, agradeço de verdade pelo convite. Não pense que esqueci o que significaria para você caso eu fosse. Quer dizer, se é que você ainda liga para esse tipo de coisa.

Todo indício de tristeza havia desaparecido dos olhos e da voz dela, e Irene Redfield, perscrutando o rosto da mulher, teve a ofensiva sensação de que, por trás do que agora era uma máscara de mármore, se escondia uma diversão cheia de desdém. Desviou o olhar, então, para a parede distante de Clare. Bom, ela merecia, porque, como reconhecia para si mesma, *de fato* estava aliviada. E pelo exato motivo sugerido por Clare. O fato de que ela adivinhara seu incômodo, no entanto, não reduzia em nada o alívio. Estava irritada por ter detectado o que podia ser dissimulação, mas só.

O garçom voltou com o troco de Clare. Irene lembrou a si mesma que precisava ir. Mas não se moveu.

A verdade era que estava curiosa. Havia coisas que desejava perguntar a Clare Kendry. Queria descobrir sobre esse jogo arriscado de se passar por branca, essa ruptura com tudo que era familiar e amistoso para tentar a vida em outro meio, não de todo estranho, talvez, mas com certeza não completamente amistoso. O que, por exemplo, a pessoa fazia quanto às origens, como criava uma narrativa para sua vida? O que sentia ao entrar em contato com outros negros? Mas não podia. Não conseguia pensar em uma única pergunta que, pelo contexto ou fraseado, não fosse franca demais em sua curiosidade, talvez até impertinente.

Como se estivesse consciente do desejo e da hesitação da outra, Clare falou, pensativa:

— Sabe, Rene, várias vezes me perguntei por que outras meninas de cor, meninas como você, Margaret Hammer, Esther Dawson e... ah, tantas outras... nunca fingiram ser brancas. É uma coisa tão fácil de fazer. Se a pessoa tem o tipo certo, tudo que precisa é um pouco de coragem.

— Mas e quanto às origens? A família, digo. Você não pode aparecer do nada na frente das pessoas e esperar que elas a recebam de braços abertos, não é?

— Quase isso — falou Clare. — Você ficaria surpresa, Rene, se soubesse como as coisas são mais fáceis com os brancos do que com a gente. Talvez porque haja tantos deles ou talvez porque eles se sentem seguros e não precisam se preocupar. Nunca cheguei a uma conclusão.

Irene parecia inclinada à incredulidade.

— Você está me dizendo que não precisou explicar de onde veio? Parece impossível.

Clare olhou para ela do outro lado da mesa, contendo sua diversão.

— Para falar a verdade, não precisei. Embora imagine que, em qualquer outra circunstância, eu poderia ter que contar uma história plausível sobre de onde vim. Minha imaginação é boa, então com certeza poderia fazer isso com dignidade e inventar uma história verossímil. Mas não precisei. Tinha minhas tias, você sabe, respeitáveis e autênticas o suficiente para qualquer coisa ou qualquer um.

— Entendi. Elas também fingiam ser brancas.

— Não. Não fingiam. Elas eram brancas.

— Ah!

E no instante seguinte, Irene se lembrou de que ouvira alguém falar naquilo antes; seu pai ou, mais provável, sua mãe. Eram as tias de Bob Kendry. Ele era filho do irmão delas, fora do casamento. Um bastardo.

— Eram velhinhas simpáticas — explicou Clare —, muito religiosas e de uma pobreza franciscana. Aquele irmão que elas tanto adoravam, meu avô, gastou até o último centavo delas depois de acabar com o pouco que ele mesmo tinha.

Clare fez uma pausa para acender outro cigarro. O sorriso e a expressão dela, percebeu Irene, mostravam um ligeiro ressentimento.

— Sendo boas cristãs — falou Clare —, quando meu pai morreu de tanto beber, elas cumpriram com sua obrigação e me deram uma espécie de lar. Esperavam, sim, que eu fizesse todo tipo de tarefa doméstica e lavasse a maior parte das roupas. Mas, você entende, Rene, que, se não fosse por elas, eu não teria onde morar?

O gesto que Irene fez com a cabeça e seu breve murmúrio foram compreensivos, complacentes.

Clare fez uma pequena careta maldosa e prosseguiu.

— Além disso, elas acreditavam que trabalhar era bom para mim. Eu tinha sangue negro, e elas pertenciam à geração que escreveu e leu longas reportagens com manchetes como: "Será que os negros vão trabalhar?" É verdade que elas não tinham muita certeza de que o bom Deus não queria que os filhos e as filhas de Cam pagassem com suor só porque ele tirou sarro do velho Noé depois de o homem beber um pouco além da conta, mas me lembro de minhas tias dizendo que aquele bebum tinha amaldiçoado Cam e seus filhos até o fim dos tempos.

Irene riu. Clare continuou séria.

— Não era piada, posso garantir, Rene. Era uma vida difícil para uma menina de 16 anos. Mesmo assim, eu tinha teto, comida e roupas... por assim dizer. E tinha as Escrituras e as conversas sobre moral, economia, trabalho pesado e a benevolência do Senhor.

— Você já parou para pensar, Clare — perguntou Irene —, quanta infelicidade e até crueldade são atribuídas à benevolência do Senhor? E sempre por seus mais ardorosos seguidores, parece.

— Se já pensei? — falou Clare. — Essas coisas me tornaram o que sou hoje. Porque, claro, eu estava decidida a fugir, a ser alguém e não um objeto da caridade, um problema ou mesmo uma descendente do indiscreto Cam. E também queria ter posses. Eu sabia que não era feia e que podia me passar por branca. Você não faz ideia, Rene, como, quando eu costumava ir para a parte sul da cidade, quase odiava todas vocês, pois tinham tudo que eu sempre quis. Isso me deixou ainda mais determinada a conseguir o que eu queria e muito mais. Você entende, consegue entender como me sentia?

Ela olhou para cima, com um efeito forte e cativante, e decerto achou que a expressão de compaixão no rosto de Irene era resposta suficiente. Então, prosseguiu.

— As tias eram esquisitas. Apesar de todas as Bíblias, orações e discursos sobre honestidade, não queriam que ninguém soubesse que seu querido irmão seduzira, ou arruinara, como elas diziam, uma menina negra. Podiam perdoar a ruína, mas jamais a miscigenação. Proibiram-me de mencionar negros para os vizinhos e até de falar da parte sul da cidade. Pode ter certeza de que obedeci. Mas aposto que elas se arrependeram depois.

Ela riu e os sinos naquela gargalhada tinham um som metálico.

— Quando a chance de fugir apareceu, essa omissão foi valiosa para mim. Quando Jack, que tinha ido para a escola com algumas pessoas da vizinhança, apareceu vindo da América do Sul com uma montanha de ouro, não havia ninguém para contar a ele que eu era de cor, mas muita gente para contar sobre a severidade e a religiosidade da tia Grace e da tia Edna. Você pode adivinhar o resto. Depois que ele apareceu, parei de fugir para ir até a parte sul e comecei a fugir para me encontrar com ele. Não tinha como dar conta das duas coisas. No fim, não foi difícil convencê-lo de que era inútil falar em casamento com minhas tias. Então, no dia que completei 18 anos, fomos embora e nos casamos. É isso. Não tinha como ser mais fácil.

— Sim, estou vendo que foi bem fácil para você. Aliás, fico imaginando por que não contaram a meu pai que você tinha se casado. Ele foi até lá para tentar saber de você quando parou de nos visitar. Tenho certeza de que não contaram a ele que você estava casada.

Os olhos de Clare Kendry brilharam com lágrimas que não caíram.

— Ah, que adorável! Importar-se comigo a ponto de fazer isso! Que sujeito encantador! Bom, talvez não tenham contado apenas porque não sabiam. Eu me encarreguei disso, pois não havia como garantir que a consciência delas não começaria a atormentá-las mais tarde e fazer com que contassem meu segredo. Aquelas velhinhas provavelmente achavam que eu vivia em pecado, onde quer que estivesse. Era isso que esperavam de mim.

Um sorriso divertido iluminou seu belo rosto por uma diminuta fração de segundo. Depois de um breve silêncio, ela disse, séria:

— Mas lamento que disseram isso a seu pai. Era algo com que eu não contava.

— Não tenho certeza se disseram — respondeu Irene. — Ele, ao menos, não me falou nada.

— Ele não diria, Rene querida. Não seu pai.

— Obrigada. Tenho certeza de que não.

— Mas você acabou não respondendo a minha pergunta. Diga, com sinceridade, nunca pensou em fingir que era branca?

Irene falou sem demora:

— Não. Por que eu faria isso?

E havia tanto desdém em sua voz e em seus gestos que o rosto de Clare ficou lívido e seus olhos cintilaram. Irene se apressou em acrescentar:

— Veja bem, Clare, tenho tudo que quero. Exceto, talvez, um pouco mais de dinheiro.

Ao ouvir isso, Clare riu, a centelha de fúria sumindo tão veloz quanto aparecera.

— Claro — declarou ela —, isso é o que todo mundo quer, apenas mais um pouco de dinheiro, mesmo as pessoas que o têm. E não culpo ninguém por isso. É muito bom ter dinheiro. Na verdade, pesando os prós e os contras, acho, Rene, que chega a valer a pena.

Irene só pôde dar de ombros. Sua razão concordava em parte, seu instinto se rebelava por completo. E não sabia dizer por quê. E embora consciente de que, caso não se apressasse, se atrasaria para o jantar, continuou ali. Era como se a mulher sentada na outra ponta da mesa, uma menina que ela conhecera, que havia feito com sucesso algo perigoso — e, na opinião de Irene Redfield, abominável —, e que se dizia satisfeitíssima, tivesse para ela um fascínio estranho e inescapável.

Clare Kendry continuava reclinada na cadeira de espaldar alto, os ombros encostando na madeira esculpida. Ela estava sentada com ares de autoconfiança, indiferente, como se aquilo fosse proposital, desejado. Havia nela uma sutil sugestão de polida insolência com a qual poucas mulheres nascem, mas que algumas adquirem ao fazer parte de famílias ricas ou importantes.

Clare, Irene lembrava com uma pontinha de satisfação, não ficou assim ao se passar por branca. Sempre fora daquele jeito.

Sempre tivera aqueles cabelos de um dourado baço que, sem corte, ficavam presos, partindo das laterais das sobrancelhas largas, parcialmente escondidos pelo pequeno chapéu. Os lábios, pintados de um vermelho-gerânio brilhante, eram doces, sensíveis e um pouco obstinados. Uma boca tentadora. O rosto era um pouco amplo demais na testa e nas bochechas, mas a pele de mármore tinha um brilho peculiar, suave. E os olhos eram magníficos! Escuros, por vezes absolutamente negros, sempre luminosos, emoldurados por longos cílios também negros. Olhos cativantes, lentos e hipnotizadores que, apesar de todo o calor, tinham em si algo de reservado e sigiloso.

Ah! Claro! Eram olhos de negro! Misteriosos e dissimulados. Emoldurados por aquela face de marfim sob os cabelos brilhantes; havia neles algo de excêntrico.

Sim, a beleza de Clare Kendry era absoluta, estava além de qualquer contestação, graças àqueles olhos que a avó e depois a mãe e o pai lhe deram.

Era como se um sorriso tivesse surgido sob eles, e Irene teve a sensação de estar sendo afagada e acariciada. Ela retribuiu.

— Talvez — disse Clare —, você possa me visitar na segunda, se tiver voltado. Ou quem sabe na terça.

Com um pequeno suspiro de lamento, Irene lhe informou que, infelizmente, não estaria de volta na segunda e que com certeza tinha dúzias de coisas para fazer na terça, e que, além disso, iria embora na quarta. No entanto, ela checaria a possibilidade de encontrar tempo na terça.

— Ah, por favor, tente. Desmarque com alguém. Os outros podem ver você a qualquer hora, mas eu... bom, pode ser que eu nunca mais consiga vê-la! Pense nisso, Rene! Você precisa vir. Simplesmente precisa! Nunca vou perdoá-la se não vier!

Naquele momento, pareceu uma coisa terrível pensar que ela jamais voltaria a ver Clare Kendry. Parada ali, diante do apelo, da carícia de seus olhos, Irene teve o desejo, a esperança, de que aquela despedida não fosse a última.

— Vou tentar, Clare — prometeu com gentileza. — Ligo para você ou você me liga?

— Talvez seja melhor eu ligar. Seu pai está na lista telefônica, eu sei, e o endereço é o mesmo. Sessenta e quatro e dezoito. Que memória, não? Mas lembre-se de que vou estar esperando por você. Tem que conseguir.

Mais uma vez aquele sorriso peculiar e doce.

— Farei meu melhor, Clare.

Irene pegou as luvas e a bolsa. As duas se levantaram. Ela estendeu a mão. Clare a segurou.

— Foi bom revê-la. Meu pai ficará feliz em ter notícias suas!

— Até terça, então — respondeu Clare Kendry. — Vou passar cada minuto a partir de agora esperando para vê-la de novo. Adeus, Rene querida. Mande lembranças e um beijo ao seu pai.

O sol já não estava a pino, mas as ruas seguiam como fornalhas furiosas. A lânguida brisa continuava quente. E as pessoas apressadas pareciam ainda mais esmorecidas que antes de Irene fugir do contato delas.

Atravessando a avenida naquele calor, longe do frescor da cobertura do Drayton e da sedução do sorriso de Clare Kendry, ela percebeu que estava irritada consigo mesma por ter ficado contente e um pouco lisonjeada pela óbvia felicidade demonstrada por Clare no encontro.

À medida que Irene avançava transpirando para casa, sua irritação crescia, e ela começou a se perguntar o que tinha lhe passado pela cabeça para prometer encontrar tempo, em meio aos dias cheios de compromissos que ainda restavam de sua visita, para passar outra tarde com uma mulher cuja vida se separou da dela de maneira tão definitiva e deliberada; e que, como ela mesma ressaltou, talvez jamais voltasse a ver.

Por que fez uma promessa dessas?

Andando para a casa do pai, pensando em qual seria o grau de interesse e de espanto com que ele ouviria a história do encontro daquela tarde, ocorreu-lhe que a mulher omitira o nome de casada. Ela se referira ao marido apenas como Jack. Será que, Irene se perguntou, aquilo fora intencional?

Clarc só precisava pegar o telefone para falar com Irene, ou mandar um cartão, ou entrar em um táxi. Em contrapartida, Irene não tinha como encontrá-la. Assim como nenhuma outra pessoa para quem pudesse falar do encontro das duas.

"Como se eu fosse fazer isso!"

A chave girou na fechadura. Ela entrou. O pai, ao que parecia, ainda não tinha chegado.

Irene decidiu que, no fim das contas, não ia contar nada para ele sobre Clare Kendry. Disse a si mesma que não estava inclinada a falar de alguém que tinha a própria lealdade, a própria discrição, em tão baixa conta. E, com certeza, ela não desejava ou intencionava fazer o menor esforço quanto à terça-feira. Nem a qualquer outro dia, para falar a verdade.

Irene já estava farta de Clare Kendry.

TRÊS

Na manhã de terça-feira, um domo celeste cinzento cobriu a cidade ressecada, mas o ar não se tornou menos sufocante com a névoa prateada, a promessa de uma chuva que não veio.

Para Irene Redfield, o suave presságio da neblina foi outro motivo para não se esforçar para se encontrar com Clare Kendry naquela tarde.

Mas ela a encontrou.

O telefone. Havia horas que o objeto vinha tocando como se estivesse possuído. Desde as nove da manhã, Irene ouvia seu soar insistente. Por algum tempo, ela se manteve determinada, dizendo com firmeza toda vez:

— Não estou, Liza, anote o recado.

E toda vez a empregada voltava com a informação:

— É a mesma mulher, senhora. Ela diz que vai ligar de novo.

Porém, ao meio-dia, seus nervos cederam e, com a consciência de que os olhos reprovadores no rosto de ébano de Liza a repreendiam enquanto ela se retirava para mais uma negativa, Irene fraquejou.

— Ah, deixa para lá. Eu atendo dessa vez.

— É ela de novo.

— Alô… Sim?

— É Clare, Rene... por onde você andou?... Pode vir aqui às quatro da tarde?... O quê?... Mas Rene, você prometeu! Só uma passadinha... Você consegue se quiser... Estou *muito* decepcionada. Queria tanto ver você... Por favor, seja boa comigo e venha. Só por um minuto. Tenho certeza de que consegue... Não vou implorar para você ficar... Sim... Vou esperá-la... É Morgan... Ah, sim! O nome é Bellew, sra. John Bellew... Lá pelas quatro, então... Vou ficar tão feliz em vê-la!... Adeus.

— Droga.

Irene bateu o telefone no gancho, e, na mesma hora, seus pensamentos se encheram de autocensura. Ela fizera a mesma coisa outra vez. Permitira que Clare Kendry a convencesse de prometer algo que não queria fazer e para a qual não tinha tempo. Por que a voz da mulher era tão convincente, tão sedutora?

Clare a recebeu no hall com um beijo. Ela disse:

— Você foi muito bondosa de vir, Rene. Mas, claro, você sempre foi assim — disse ela.

E sob a potência daquele sorriso, uma parte da irritação que Irene sentia de si mesma foi embora. Ela ficou até um pouco contente por ter ido.

Clare foi à frente, com passos leves, rumo a uma sala cuja porta estava entreaberta, dizendo:

— Tenho uma surpresa. É praticamente uma festa. Veja.

Ao entrar, Irene se viu em uma sala de estar ampla e com pé-direito alto, em cujas janelas pendiam impressionantes cortinas azuis que roubavam a atenção da mobília cor de chocolate. Clare usava um leve vestido esvoaçante do mesmo tom das cortinas, que combinava à perfeição com ela e com a decoração exigente.

Por um minuto, Irene achou que a sala estava vazia, mas, ao virar a cabeça, descobriu, afundada nas almofadas de um imenso sofá, uma mulher olhando para ela, tão concentrada que suas pálpebras estavam semicerradas, como se o esforço de olhar para cima as tivesse paralisado. A princípio, Irene achou que fosse uma desconhecida, mas, no instante seguinte, falou com uma voz sem qualquer empatia, quase áspera:

— É você, Gertudre? Como vai?

A mulher acenou com a cabeça e forçou um sorriso com seus lábios contraídos.

— Vou bem — respondeu ela. — E você continua a mesma, Irene. Não mudou nada.

— Obrigada — disse Irene, escolhendo um lugar para se sentar e pensando: "Jesus! Duas delas."

Gertrude também se casara com um branco, embora não fosse possível dizer de fato que fingisse ser branca. O marido — como era mesmo o nome dele? — frequentara a escola com ela e sabia muito bem, assim como sua família e a maior parte dos amigos, que ela era negra. Isso parecia não ter importância para ele na época. Será que agora importava? Será que Fred — Fred Martin, esse era o nome — algum dia se arrependeu do casamento por causa da raça de Gertrude? Será que ela se arrependia?

Voltando-se para Gertrude, Irene perguntou:

— E Fred, como está? Faz décadas que não o vejo.

— Ah, ele está bem — respondeu Gertrude, lacônica.

Por um minuto inteiro, ninguém falou. Ao fim do curto e opressivo silêncio surgiu, agradável, a pequena voz de Clare, em tom de conversa:

— O chá já está chegando. Sei que não pode ficar muito, Rene. E lamento que não vá poder ver Margery. Fomos ao lago no fim de semana para visitar uns parentes de Jack, pertinho de Milwaukee. Ela quis ficar com as crianças. Seria uma pena não deixar, ainda mais com esse calor aqui na cidade. Mas Jack vai chegar a qualquer momento.

Irene disse brevemente:

— Que bom.

Gertrude permaneceu em silêncio. Era evidente que ela estava pouco à vontade. E a presença da mulher ali irritava Irene, fazia surgir nela um sentimento defensivo e de ressentimento que, no momento, não conseguia explicar. Parecia-lhe estranho que a mulher que Clare se tornara tivesse convidado a mulher que Gertrude era. Mesmo assim, claro, Clare não tinha como saber. Fazia doze anos desde que as duas se viram pela última vez.

Mais tarde, ao examinar sua irritação, Irene admitiu, com certa relutância, que aquele sentimento vinha de uma sensação de estar em minoria, uma sensação de solidão, em sua adesão à própria classe e ao próprio tipo; não apenas no aspecto importante do casamento, mas no padrão de sua vida como um todo.

Clare falou de novo, dessa vez demoradamente, sobre as mudanças que viu em Chicago depois de sua longa ausência em cidades europeias. Sim, disse em resposta a alguma pergunta de Gertrude, tinha voltado aos Estados Unidos uma ou duas vezes, mas só para Nova York e Pensilvânia. Certa vez, passou alguns dias em Washington. John Bellew que, ao que parecia, era uma espécie de agente bancário internacional, não fizera muita questão de que ela o acompanhasse naquela viagem, mas, assim que Clare soube que provavelmente ele passaria por Chicago, decidiu que viria.

— Eu simplesmente precisava vir. E, depois que cheguei, estava decidida a encontrar alguém que conhecesse e a descobrir o que tinha acontecido com todo mundo. Não sabia como isso se daria, mas era um desejo meu. De algum jeito. Eu estava prestes a me arriscar e passar em sua casa, Rene, ou a ligar e marcar um encontro, quando esbarrei em você. Foi uma sorte!

Irene concordou.

— É a primeira vez que volto para casa em cinco anos, e estou quase indo embora. Uma semana depois, e eu teria partido. E como encontrou Gertrude?

— Na lista telefônica. Eu me lembrei de Fred. O pai dele ainda tem o açougue.

— Ah, sim — falou Irene, que só se lembrou do açougue de fato quando Clare prosseguiu com sua fala.

— No Cottage Grove, perto...

Gertrude interrompeu.

— Não. Nós nos mudamos. Estamos na avenida Maryland, a antiga Jackson, agora. Perto da rua 63. E o açougue é de Fred. O nome é o mesmo do pai.

Gertrude, pensou Irene, tinha mesmo a aparência de alguém que se casara com um açougueiro. A beleza de sua juventude, tão admirada nos tempos do colégio, sumira sem deixar vestígios. Ela tinha ficado maior, quase gorda, e, embora não houvesse rugas em seu amplo rosto pálido, a própria suavidade dele estava, de certo modo, envelhecendo prematuramente. Os cabelos negros estavam presos e por alguma infelicidade todo o cacheado que lhe dava vida havia desaparecido. Seu vestido de crepe georgette, espalhafatoso, era curto demais e deixava à vista uma parcela chocante das pernas, pernas roliças em meias finas de um tom vívido, entre o rosado e o bege. As mãos carnudas tinham passado por uma manicure não muito competente — talvez para aquela ocasião. E ela não estava fumando.

Clare então falou, e Irene achou que a voz rouca tinha certa agudeza:

— Antes de você chegar, Irene, Gertrude falava sobre os dois meninos dela. Gêmeos. Não é maravilhoso?

Irene sentiu o calor tomar devagar seu rosto. Era sinistro o modo como Clare conseguia adivinhar o que as pessoas estavam pensando. Ficou um pouco incomodada, mas parecia perfeitamente à vontade quando disse:

— Isso é ótimo. Também tenho dois meninos, Gertrude. Mas não gêmeos. Parece que Clare ficou para trás, hein?

Gertrude, contudo, não tinha certeza se Clare não se saíra melhor.

— Ela teve uma menina. Eu queria uma menina. E Fred também.

— Que incomum — falou Irene. — A maioria dos homens quer filhos. Egoísmo, suponho.

— Bom, não era o caso de Fred.

A baixela de chá fora colocada em uma mesa ao lado de Clare. Ela resolveu dar atenção àquilo, despejando o rico líquido âmbar da alta jarra de vidro em suntuosos copos finos, que repassou às convidadas, oferecendo depois limão ou creme e minúsculos sanduíches e bolos.

Após pegar o próprio copo, ela informou:

— Não, não tenho meninos e acho que nunca vou ter. Fico com medo. Quase morri de pavor durante os nove meses da gravidez antes de Margery nascer, por temer que ela tivesse a pele escura. Graças a Deus, ela acabou se saindo bem. Mas jamais vou me arriscar de novo. Nunca! A tensão é um inferno.

Gertrude Martin acenou, em sinal de plena compreensão. Dessa vez, foi Irene quem ficou calada.

— Nem me diga! — disse Gertrude com ardor. — Sei bem o que é isso. Não pense que eu não morria de medo também. Fred falou que eu era boba, a mãe dele disse o mesmo. Mas, claro, eles achavam que era só uma ideia que coloquei na cabeça e culpavam a gravidez por isso. Eles não sabem o que a gente sabe, como as coisas podem voltar lá atrás, e a criança nascer escura, não importa a cor do pai ou da mãe.

O suor em sua testa chamava a atenção. Os olhos estreitos foram primeiro na direção dos de Clare, depois na direção dos de Irene. Enquanto falava, Gertrude gesticulava bastante.

— Não — falou ela —, para mim também já chega. Nem mesmo uma menina. É horrível o jeito como isso pula uma geração e depois volta. Bom, ele chegou a dizer que não ligava para a cor da criança, desde que eu parasse de me preocupar com isso. Mas, claro, ninguém quer uma criança escura.

Sua voz era sincera, e a mulher dava por certo que a plateia concordava cem por cento com aquilo.

Irene, cuja cabeça se levantara com um pequeno espasmo, disse com uma voz cujo tom a deixou orgulhosa:

— Um de meus meninos é escuro.

Gertrude deu um salto como se tivesse levado um tiro. Os olhos se arregalaram. A boca se abriu. Ela tentou falar, mas não conseguiu fazer com que as palavras saíssem. Por fim, conseguiu apenas gaguejar:

— Ah! E seu marido, ele é... ele é... hã... escuro, também?

Irene, que lutava com uma enxurrada de sentimentos, entre os quais ressentimento, raiva e desprezo, foi, contudo, capaz de responder com tranquilidade, como se não tivesse aquela sensação de não pertencimento e falta de consideração da parte das pessoas de que estava acompanhada bebendo chá gelado em copos altos cor de âmbar naquela tarde quente de agosto. Seu marido, ela informou em voz baixa, não teria como fingir ser branco.

Ao ouvir a resposta, Clare dirigiu a Irene seu sorriso carinhoso e sedutor e disse, com certo sarcasmo:

— Acho que as pessoas de cor, nós, são muito tolas com certas coisas. Afinal, isso não é importante para Irene nem para centenas de outras pessoas. Nem é tão terrível, mesmo para você, Gertrude. Apenas desertores como eu precisam ter medo de aberrações da natureza. Como meu inestimável pai dizia: "A gente paga por tudo neste mundo." Agora, por favor, uma de vocês me conte o que aconteceu com Claude Jones. Vocês sabem, o sujeito magricela que usava aquele bigodinho cômico que fazia as meninas rirem dele. Parecia uma mancha de fuligem. O bigode, digo.

Ao ouvir isso, Gertrude deu uma gargalhada aguda.

— Claude Jones! — E começou a contar como ele agora não era mais negro nem cristão, era judeu.

— Judeu! — exclamou Clare.

— Sim, judeu. Um judeu negro, ele diz. Não come presunto e vai à sinagoga aos sábados. Usa barba agora, além do bigode. Você morreria de rir se o visse. De fato, ele é engraçado demais para descrever. Fred diz que Claude é doido, e acho que é mesmo. Ah, ele é hilário, um tipo hilário!

E ela deu outra gargalhada estridente.

O riso de Clare tilintou.

— Parece mesmo engraçado. Mas ele é dono de uma empresa. Se ele se sai melhor por ter se convertido...

Ao ouvir isso, Irene, que ainda se agarrava ao sentimento infeliz e indiferente de justiça, interrompeu, dizendo de maneira cortante:

— É claro que não passa por sua cabeça ou pela de Gertrude que ele talvez esteja sendo sincero ao mudar de religião. Com certeza nem todo mundo faz as coisas só para conseguir uma vantagem.

Clare Kendry não precisava sair em busca do significado completo daquela frase. Ela corou um pouco e respondeu, séria:

— Sim, admito que é possível que ele esteja sendo sincero. Apenas não me ocorreu, só isso. Estou surpresa — falou, a seriedade se transformando em zombaria —, que você esperasse que isso fosse passar pela minha cabeça. Você realmente esperava?

— Claro que você não acha que essa é uma pergunta que eu possa responder — disse Irene. — Não aqui e agora.

O rosto de Gertrude expressou um espanto completo. No entanto, vendo que pequenos sorrisos despontaram no rosto de ambas as mulheres, e sem compreender que se tratava de sorrisos que revelavam ressalvas mútuas, ela também sorriu.

Clare começou a falar, levando a conversa com cuidado para longe de qualquer coisa que pudesse fazer surgir assuntos como raça ou qualquer outra questão espinhosa. Foi a mais brilhante exibição de halterofilismo conversacional que Irene já tinha visto. As palavras passavam por elas em fluxos encantadores e ritmados. As risadas dela tilintavam e repicavam. As pequenas histórias reluziam.

Irene contribuía com um mero "Sim" ou "Não" aqui e ali. Gertrude, com um "Não diga!" com menor frequência.

Por algum tempo, a ilusão de uma conversa geral foi perfeita. Aos poucos, Irene sentiu seu ressentimento se transformar em uma admiração silenciosa, ainda que um pouco rancorosa.

Clare continuou falando, sua voz e seus gestos colorindo tudo que ela disse sobre a época da guerra na França, sobre o pós-guerra na Alemanha, sobre o frisson nos dias da greve geral na Inglaterra, sobre as estreias das costureiras em Paris, sobre a nova alegria que se sentia em Budapeste.

No entanto, aquela façanha verbal não tinha como durar. Gertrude mudou de posição no sofá e começou a remexer os dedos. Irene, enfim entediada por toda aquela repetição das mesmíssimas coisas que lera com frequência em jornais, revistas e livros, pôs seu copo na mesa e pegou a bolsa e o lenço. Estava ajeitando os dedos de sua luva marrom para calçá-las quando ouviu o som da porta da frente abrindo e viu Clare saltar com uma expressão de alívio, dizendo:

— Que ótimo! Jack chegou na hora certa. Você não pode ir embora agora, Rene querida.

John Bellew entrou na sala. A primeira coisa que Irene percebeu foi que ele não era o mesmo homem que ela tinha visto com Clare Kendry na cobertura do Drayton. Este homem, o marido de Clare, era mais alto, de ombros largos. Presumiu que ele tivesse entre 35 e 40 anos. Seus cabelos eram de um castanho-escuro e ondulados, e ele tinha uma boca delicada, levemente feminina, emoldurada por um rosto de aparência pouco saudável, com cor de massa de pão. Os olhos opacos de um cinza metálico eram muito vívidos, e se moviam sem parar entre grossos cílios que refletiam a cor dos olhos. Irene, porém, decidiu que não havia nada de incomum nele, a não ser uma impressão de potência física latente.

— Olá, Neguinha — disse ele, cumprimentando Clare.

Gertrude, que deu um pequeno salto, voltou a se recostar no sofá e olhou de maneira disfarçada para Irene, que mordeu a língua e observou marido e mulher. Era difícil acreditar que alguém, mesmo Clare Kendry, permitiria que um branco ridicularizasse assim sua raça, mesmo que fosse seu marido. Então ele sabia que ela era negra? Pela conversa que as duas tiveram no outro dia, Irene entendera que não. Mas que coisa rude, ofensiva, ele se referir à esposa assim na presença de convidados!

Os olhos de Clare, enquanto ela apresentava o marido, brilhavam de maneira estranha, talvez com um pouco de sarcasmo. Irene não sabia definir.

Em uma pergunta retórica que antecede uma explicação, ela perguntou:

— Vocês ouviram do que Jack me chamou?

— Ouvimos — respondeu Gertrude, rindo com a devida ansiedade.

Irene não disse nada. O olhar dela continuou nivelado com o rosto sorridente de Clare.

Os olhos negros baixaram, agitados.

— Conte para elas, querido, por que me chama assim.

O sujeito deu uma risadinha, enrugando os olhos de um modo não de todo desagradável, Irene foi obrigada a reconhecer.

— Bom, quando a gente se casou, ela era branca como... como... bom, branca como maionese — explicou ele. — Mas garanto que está ficando cada vez mais escura. Eu digo a ela que, se não tomar cuidado, vai acordar um dia desses e descobrir que virou uma crioula.

Ele gargalhou. O riso de sino de Clare se uniu ao dele. Gertrude, após mais uma mudança intranquila de posição no sofá, acrescentou seu riso estridente à reunião. Irene, que estava sentada, comprimindo os lábios, disse:

— Essa é boa! — E explodiu em uma gargalhada. Ela riu, riu e riu. Lágrimas escorreram por seu rosto. A barriga doía. A garganta também. Ela continuou rindo, rindo, rindo, muito tempo depois de os outros terem parado. Até que, vendo o rosto de Clare, percebeu a necessidade de apreciar de maneira mais silenciosa — e prudente — a piada impagável. Na mesma hora, ela parou.

Clare serviu um copo de chá para o marido e colocou a mão sobre o braço dele com um pequeno gesto de afeto. Como quem está confiante e se divertindo ao mesmo tempo, falou:

— Jesus, Jack! Que diferença faria, depois de todos esses anos, se descobrisse que tenho um ou dois por cento de sangue negro?

Bellew puxou a mão como para mostrar repúdio, um repúdio definitivo e final.

— Ah, não, Neguinha — declarou ele —, comigo não. Sei que você não é crioula, então tudo bem. Pode ficar preta o quanto quiser, desde que não vire crioula. Esse é meu limite. Nada de crioulos na família. Nunca tivemos e nunca vamos ter.

Os lábios de Irene tremeram de modo quase incontrolável, mas ela fez um esforço desesperado para resistir ao desejo desastroso de voltar a rir, e foi bem-sucedida. Escolhendo com cuidado um cigarro da caixa de laca na mesinha de chá diante de si, olhou de esguelha para Clare e se deparou com olhos peculiares fixos nela com uma expressão tão sombria, profunda e insondável que, por um breve momento, teve a sensação de estar encarando uma criatura estranha e distante. Teve a impressão de que uma sutil sensação de perigo passava por ela, como o sopro de uma névoa gelada. Absurdo, disse sua mente, no momento em que ela aceitava a chama que Bellew oferecia para seu cigarro. Outra olhada de esguelha mostrou que Clare estava sorridente. Sempre disposta a agradar, Gertrude também sorria.

Um observador de fora, pensou Irene, consideraria aquele um chá da tarde muito agradável, cheio de sorrisos, piadas e gargalhadas. Ela falou, bem-humorada:

— Então o senhor não gosta de negros, sr. Bellew? — A diversão, porém, estava na cabeça dela, mais do que nas palavras.

John Bellew negou com uma breve risada.

— Não me entenda mal, sra. Redfield. Não é nada disso. Não é que não goste deles, eu os *odeio*. E a Neguinha também, apesar de estar tentando se transformar em um deles. Ela não aceitaria uma empregada crioula aqui de jeito nenhum. Não que eu fosse querer uma também. Elas me dão nos nervos, aquelas diabas pretas asquerosas.

Aquilo não foi engraçado. Irene perguntou se Bellew já tinha conhecido algum negro. O tom defensivo da voz dela fez com que Gertrude desse outro espasmo de desconforto, e, apesar de toda a aparência de serenidade, o olhar de Clare brilhou com apreensão.

O homem respondeu:

— Graças a Deus, não! E espero nunca conhecer! Mas sei de gente que os conheceu, melhor do que os próprios macacos se conhecem. E leio nos jornais sobre eles. Sempre roubando e matando. E — disse ele, sombriamente —, fazendo coisas piores.

De onde Gertrude estava veio um breve som reprimido, algo como um resfolegar ou uma risadinha. Irene não sabia dizer qual dos dois. Houve um breve silêncio, durante o qual ela temeu que seu autocontrole fosse se mostrar frágil demais para suportar a raiva e indignação crescentes. Teve um desejo súbito de gritar com o homem: "E você está aqui, cercado por três diabas pretas asquerosas, tomando chá."

O impulso passou, obliterado pela consciência do perigo que Clare correria com essa imprudência. A esposa de Bellew, no entanto, fez uma sutil reprovação:

— Jack, querido, tenho certeza de que Rene não quer ouvir sobre suas aversões. Nem Gertrude. Pode ser que elas também leiam os jornais, sabe.

Clare sorriu para ele e isso pareceu transformá-lo, suavizá-lo, alegrá-lo, como os raios de sol fazem com uma fruta.

— Está certo, Neguinha, minha velha. Desculpe — disse ele, e estendeu a mão para tocar, brincalhão, as mãos pálidas da esposa, depois se voltou para Irene. — Não quis entediá-la, sra. Redfield. Espero que me perdoe — falou, envergonhado. — Clare me informou que a senhora mora em Nova York. Grande cidade. A cidade do futuro.

A raiva de Irene não diminuíra, mas fora contida por alguma barreira de cautela e de fidelidade a Clare. Assim, no tom mais casual que foi capaz de emular, concordou com Bellew. Porém, lembrou-lhe que os habitantes de Chicago podiam dizer o mesmo da própria cidade. Enquanto falava, pensou em como era espantoso que sua voz não tremesse, que ela estivesse, ao menos na aparência, calma. Apenas suas mãos tremiam um pouco. Ela as recolheu do lugar onde repousavam em seu colo e pressionou as pontas dos dedos para que as mãos não se agitassem.

— Seu marido é médico, pelo que soube. Manhattan? Ou um dos outros distritos?

— Manhattan — informou Irene, e explicou a necessidade que Brian tinha de ficar perto de certos hospitais e clínicas.

— Como é interessante a vida de um médico.

— Sim. Mas difícil. E, em certo sentido, monótona. Além de estressante.

— Estressante para a esposa, ao menos, não? Tantas pacientes. — Ele riu, com franqueza juvenil, da velha piada.

Irene conseguiu sorrir por um instante, mas a voz calma estava sóbria quando respondeu:

— Brian não liga para as outras mulheres, sobretudo as doentes. Às vezes, eu bem queria que fosse o caso. É a América do Sul que o atrai.

— Lugar promissor, a América do Sul, se algum dia conseguirem se livrar dos crioulos. Há um monte deles lá...

— Francamente, Jack! — A voz de Clare estava à beira da irritação.

— Esqueci, Neguinha, perdão.

Para as outras mulheres, ele disse:

— Veem como ela manda em mim?

E para Gertrude:

— E a senhora continua em Chicago... hã... sra. Martin?

Ele claramente estava fazendo o seu melhor para agradar as velhas amigas de Clare. Irene tinha que admitir que, em outras circunstâncias, poderia ter gostado do sujeito. Um homem bonito, agradável e evidentemente próspero. Simples e direto.

Gertrude respondeu que Chicago era boa o suficiente para ela. Nunca havia saído de lá e achava que jamais sairia. Os negócios do marido ficavam lá.

— Claro, claro. Não dá para sair por aí e deixar os negócios para trás.

Seguiu-se uma conversa tranquila sobre Chicago, Nova York, suas diferenças e as mudanças espetaculares e recentes que ocorriam nas duas cidades.

Era incrível e espantoso, pensou Irene, que quatro pessoas pudessem ficar sentadas tão tranquilas, de maneira tão amistosa, embora estivessem, na verdade, fervendo de raiva, mortificação e vergonha. Mas, pensando bem, foi obrigada a mudar de opinião. John Bellew, era quase certo, encontrava-se tão tranquilo por dentro quanto por fora. O mesmo, talvez, valesse para Gertrude Martin. Ela não parecia sentir a mortificação e a vergonha que Clare Kendry devia estar sentindo e não parecia tomada pelo mesmo grau de raiva e rebeldia que ela, Irene, estava contendo.

— Mais chá, Rene? — ofereceu Clare.

— Obrigada, mas não. Preciso ir. Vou embora amanhã, você sabe, e ainda tenho que fazer as malas.

Ela se levantou. Gertrude, Clare e John fizeram o mesmo.

— O que está achando do Drayton, sra. Redfield? — perguntou o homem.

— O Drayton? Ah, gosto muito. Muito mesmo — respondeu Irene, os olhos cheios de desprezo fitando o rosto impassível de Clare.

— Bom lugar, de fato. Fiquei lá uma ou duas vezes — informou ele.

— Sim, é agradável — concordou Irene. — Quase tão bom quanto os melhores hotéis de Nova York.

Ela deixou de olhar para Clare e procurava algo inexistente em sua bolsa. Sua compreensão aumentava rapidamente, assim como sua pena e seu desdém. A amiga era tão ousada, tão bonita e tão disposta a ter o que queria.

As duas mulheres estenderam a mão para Clare com murmúrios adequados. "Muito bom vê-la." "Espero que a gente se encontre de novo em breve."

— Adeus — respondeu Clare. — Foi bondade sua vir, Rene querida. E sua também, Gertrude.

— Adeus, sr. Bellew. Foi um prazer conhecê-lo.

Foi Gertrude quem disse isso. Irene não conseguia, absolutamente não conseguia se forçar a pronunciar aquela polidez fictícia ou qualquer coisa que se aproximasse daquilo.

Ele as acompanhou até o hall e chamou o elevador.

— Adeus — disseram elas, entrando.

Durante a viagem de elevador, ficaram em silêncio.

Caminharam pelo saguão sem falar.

Porém, assim que colocaram os pés na rua, Gertrude, incapaz de manter consigo aquilo que precisou esconder pela última hora, explodiu:

— Meu Deus! Que perigo! Ela deve ser doida de pedra.

— Sim, parece arriscado — admitiu Irene.

— Arriscado? É, com certeza! Arriscado! Meu Deus! Que palavra! E a confusão em que ela pode se meter!

— Mesmo assim, acho que Clare está segura. Eles não moram aqui. E têm a criança. Há certa segurança.

— Mas é um perigo tremendo, ainda assim — insistiu Gertrude. — Jamais teria me casado com Fred sem que ele soubesse... Não há como prever o que vai acontecer.

— Sim, concordo que é mais seguro contar. Mas, nesse caso, Bellew não se casaria com ela. E, no fim das contas, era isso que Clare queria.

Gertrude balançou a cabeça.

— Eu não ocuparia o lugar dela nem por todo o dinheiro que pode estar conseguindo com isso. Não com ele pensando daquele jeito. Jesus! Não foi horrível? Por um minuto fiquei tão brava que poderia ter dado um tapa nele.

Irene admitiu que tinha sido uma experiência desafiadora, além de desagradável.

— Também fiquei com raiva, e não foi pouca.

— E imagine ela não contar para a gente que o marido pensa assim! Qualquer coisa poderia ter acontecido. *Qualquer coisa.* A gente poderia ter falado algo.

Isso, ressaltou Irene, era típico de Clare Kendry. Correr riscos e não dar a mínima para os sentimentos dos outros.

Gertrude falou:

— Talvez ela tenha pensando que encararíamos como uma boa piada. E acho que você fez isso. O jeito como riu. Meu Senhor! Fiquei apavorada que ele percebesse.

— Bom, em certo sentido, foi mesmo uma piada — disse Irene. — Ele foi a piada, e nós também, e talvez até ela.

— Mesmo assim, é um risco enorme. Eu detestaria estar na situação dela.

— Ela me pareceu bem feliz. Clare conseguiu o que queria e, um dia desses, me contou que valia a pena.

Quanto a isso, Gertrude era cética.

— Ela vai mudar de ideia — disse, como palavra final. — Vai mudar de ideia com certeza.

Começou a chover, uma chuva de gotas grossas e esparsas.

As multidões de fim de tarde se apressavam rumo aos bondes e aos lugares mais elevados.

Irene disse:

— Você vai na direção sul? Desculpe. Tenho que fazer uma coisa. Se não se importa, vou me despedir aqui. Foi bom vê-la, Gertrude. Mande um olá para Fred e para sua mãe, caso ela se lembre de mim. Adeus!

Ela queria se livrar da mulher e ficar sozinha, pois ainda estava magoada e com raiva.

Que direito, continuava se perguntando, Clare Kendry tinha de expô-la ou de expor Gertrude Martin àquela humilhação, àquele insulto?

Durante todo o tempo, no caminho percorrido às pressas para a casa do pai, Irene Redfield tentava compreender o olhar no rosto de Clare durante a despedida. Em parte zombeteiro, em parte ameaçador. E algo mais, que Irene não sabia nomear. Por um instante, foi tocada por uma recrudescência daquele sentimento de medo que teve ao encarar o olhar de Clare. Um calafrio percorreu seu corpo.

— Não é nada — disse a si mesma. — É só alguém andando em cima da minha cova, como dizem.

Ela tentou dar uma risada diminuta e ficou aborrecida ao perceber que estava quase às lágrimas.

Em que estado permitiu que aquele Bellew horroroso a deixasse!

E mesmo tarde da noite, muito tempo depois de o último convidado ter saído e de a velha casa ter ficado em silêncio, ela permaneceu na janela franzindo a testa na chuva escura e tentando decifrar mais uma vez aquele olhar no rosto inacreditavelmente belo de Clare. No entanto, por mais que tentasse, não chegou a qualquer conclusão quanto ao seu significado. Era imperscrutável, muito além de qualquer experiência ou compreensão que pudesse ter.

Por fim, ela se afastou da janela, com a testa ainda mais franzida. Por quê, afinal, se preocupar com Clare Kendry? Ela sabia cuidar de si, sempre fizera isso. E Irene tinha outras coisas, mais pessoais e importantes, com que se preocupar.

Além disso, falou seu lado racional, toda a culpa pela tarde desagradável que teve, seus medos e suas dúvidas, era exclusivamente dela. Ela nunca devia ter ido até a casa de Clare.

QUATRO

A manhã seguinte, o dia de sua partida para Nova York, trouxe uma carta. Bastou um relance para que Irene visse que era de Clare Kendry, embora não se lembrasse de algum dia ter recebido qualquer carta dela. Rasgando o envelope para abrir e analisando a assinatura, Irene viu que seu palpite estava certo. Disse a si mesma que não a leria. Não tinha tempo. Além disso, não queria se lembrar da tarde anterior. Na verdade, não estava nem um pouco descansada para a viagem; a noite fora terrível. E tudo graças à falta de consideração inata de Clare pelos sentimentos dos outros.

Mas acabou lendo. Depois de seu pai e os amigos terem acenado em despedida e o trem avançar rumo ao leste, ela foi tomada por uma incontrolável curiosidade de ver o que Clare diria sobre o dia anterior. Afinal, Irene se perguntou tirando a carta da bolsa e a abrindo, o que ela poderia dizer, o que alguém poderia dizer, sobre uma coisa daquelas?

Clare Kendry dissera:

Querida Rene,

Como posso agradecer por sua visita? Sei que está imaginando que, devido às circunstâncias, não deveria ter pedido para vir ou que, então, não deveria ter insistido. Mas se tivesse como saber como fiquei feliz, como fiquei empolgada e alegre por encontrá-la, e como desejei vê-la mais uma vez (ver todo mundo, e não pude), compreenderia meu grande desejo de encontrá-la de novo, e talvez me perdoasse um pouco.

Muito amor para você e para seu querido pai, com minhas pobres desculpas.

Clare

E havia um pós-escrito:

Pode ser, querida Rene, pode bem ser, que, no fim das contas, o caminho que você escolheu seja o mais sábio e infinitamente mais feliz. Não tenho certeza neste momento. Pelo menos, não tanta quanto já tive.

C.

A mensagem, no entanto, não acalmou Irene. A indignação dela não foi reduzida pela referência lisonjeira de Clare à sua sabedoria. Como se algo, pensou encolerizada, pudesse fazer desaparecer, ainda que em parte, a humilhação passada na tarde anterior por causa de Clare Kendry.

Metódica como raramente era, rasgou a ofensiva carta em pequeninos quadrados desiguais que esvoaçaram e formaram uma pequena pilha em seu colo coberto por *crêpe de Chine* negro. Encerrada a destruição, juntou os pedacinhos, levantou-se e foi até o fim do trem. Lá, jogou-os por cima da cerca e os viu se espalhar, pelos trilhos, pelas cinzas, pela grama abandonada, pelos riachos de água suja.

Era o ponto final, disse a si mesma. A chance de voltar a ver Clare Kendry era de uma em um milhão. Se, no entanto, aquela possibilidade remotíssima acontecesse, só precisaria desviar o olhar e se recusar a reconhecê-la.

Ela tirou Clare dos pensamentos e passou a pensar nos próprios assuntos. Na casa, nos meninos, em Brian. Ele, que pela manhã iria recebê-la na grande e tumultuada estação. Ela esperava que ele tivesse ficado tranquilo e não muito solitário sem ela e os meninos. Não solitário a ponto de aquela velha, estranha e infeliz inquietação ter tomado conta do marido de novo; aquele desejo de ir para algum lugar estranho e diferente, que, no início do casamento, exigiu tanto esforço dela para reprimir, e que ainda a alarmava um pouco, embora a ideia agora surgisse em intervalos cada vez maiores.

Parte Dois

Reencontro

UM

Estas eram as memórias de Irene Redfield, sentada em seu quarto. O sol de outubro inundando o ambiente e escorrendo sobre ela enquanto segurava a segunda carta de Clare Kendry.

Deixando-a de lado, Irene percebeu, com espanto, que a violência dos sentimentos que aquele artefato despertava nela tinha uma leve dose de diversão.

Não foi a raiva exacerbada que a surpreendeu e que a divertiu. A emoção, ela tinha certeza, era justificada e razoável, assim como o fato de que poderia perdurar, ainda forte e sem arrefecer, mesmo após um período de dois anos sem ver John Bellew ou Clare — ou sequer ouvir falar deles. Não lhe parecia extraordinário que, tanto tempo depois, a lembrança das palavras e dos modos daquele homem tivesse a capacidade de fazer suas mãos tremerem e seu sangue pulsar nas têmporas. Mas o fato de ela continuar com aquela ligeira sensação de medo, de pânico, isso, sim, era surpreendente e tolo.

Que Clare tivesse escrito, mesmo depois de todo o ocorrido, expressando o desejo de voltar a vê-la, não chegava a ser surpreendente. Desconsiderar o incômodo, a amargura ou o sofrimento alheio era típico dela.

Irene deu de ombros. Uma coisa era certa: ela não precisava ou pretendia se expor a uma nova humilhação tão irritativa e ultrajante quanto a que, por causa de Clare Kendry, suportara durante "aquela vez em Chicago". Uma vez era suficiente.

Talvez Clare não tivesse se dado conta do tamanho do problema na época. No entanto, ela não tinha o direito de esperar que os outros não desejassem um acerto de contas. O problema de Clare é que ela não só queria tudo para si como também queria provar um pouco daquilo que pertencia aos outros.

Irene Redfield achava difícil simpatizar com essa ternura que surgia agora, esse amor proclamado pela "minha gente".

A carta que ela acabara de largar era, para seu gosto, um pouco prolixa demais, um pouco indiscreta demais na maneira de se expressar. Ela fez ressurgir a velha suspeita de que Clare interpretava um papel, talvez não de forma consciente — ou, na verdade, talvez não de forma completamente consciente —, mas, mesmo assim, interpretava. E Irene também não estava inclinada a perdoar aquilo que considerava como puro egoísmo de Clare.

E mesclado à descrença e ao ressentimento havia outra coisa: dúvida. Por que não falara nada naquele dia? Por que, diante do ódio e da aversão ignorantes de Bellew, Irene escondera sua origem? Por que permitiu que ele fizesse aquelas afirmações e expressasse seus pensamentos equivocados sem contestá-lo? Por que, simplesmente em nome de Clare Kendry, que a expusera a tal tormento, ela deixou de defender a raça a que pertencia?

Irene fez a si mesma essas perguntas, sentiu-as. No entanto, eram perguntas retóricas, como ela bem sabia. Conhecia a resposta de todas as questões, e era a mesma em todos os casos. A ironia daquilo. Ela não conseguia trair Clare, não conseguia sequer correr o risco de parecer defender um povo que estava sendo difamado, por receio de que essa defesa, por mais improvável que fosse, pudesse levar à revelação do segredo da mulher. Tinha uma obrigação com Clare Kendry. Sentia-se ligada a ela pelo vínculo da raça — uma raça que, embora Clare repudiasse, não conseguira cortar relações.

E não era, como Irene sabia, que Clare se importasse com os negros ou com o que aconteceria com eles. Não se importava. Ou que tivesse por qualquer um de seus familiares uma grande ou ao menos real afeição, embora professasse eterna gratidão pelas pequenas gentilezas que os Westover demonstraram por ela na infância. Irene duvidava que aquilo fosse verdadeiro, e achava que, do ponto de vista de Clare, era apenas um meio para um fim. E não era possível dizer que ela tivesse algum interesse artístico ou sociológico nos negros, como demonstravam pessoas de outras raças. Ela não tinha. Não, Clare Kendry não se importava em nada com a raça. Simplesmente pertencia a ela.

— Que diabo! — disse Irene enquanto puxava uma meia fina sobre a pele bege e pálida do pé.

— Ah, praguejando de novo, não? Dessa vez peguei em flagrante.

Brian Redfield entrara no quarto daquele jeito silencioso que, apesar dos anos de vida compartilhados, ainda tinha o poder de desconcertá-la. O marido a observou com seu sorriso divertido, que era um tantinho arrogante, mas que, no entanto, de algum modo, caía-lhe muito bem.

Às pressas, Irene vestiu a outra meia e deslizou os pés para dentro dos chinelos que estavam ao lado da cadeira.

— E o que deu origem a esse surto de blasfêmia? Quer dizer, se é que um marido indulgente, ainda que perturbado, pode perguntar. Uma mãe de família! Ah, esse mundo de hoje, que tristeza esse mundo de hoje!

— Recebi esta carta — disse Irene. — E acho que qualquer um admitiria que seria o bastante para fazer até uma santa blasfemar. Que cara de pau a dela!

A mulher entregou a carta a Brian, e, enquanto fazia isso, franziu a testa. Pensando de maneira minuciosa, percebeu que poderia responder à pergunta com certas palavras que manteriam seu marido ocupado enquanto ela se apressava para se vestir. Ela estava atrasada de novo, e Brian, como Irene bem sabia, detestava aquilo. Por que, ah, por que ela nunca conseguia ser pontual? Brian estava acordado há eras e, até onde ela sabia, já tinha feito algumas visitas e levado os meninos para a escola. E ela ainda não estava vestida; mal começara, na verdade. Droga, Clare! Hoje a culpa era dela.

Brian se sentou e inclinou a cabeça sobre a carta, enrugando de leve as sobrancelhas no esforço de entender os garranchos feitos por Clare.

Irene, que tinha se levantado e estava de pé diante do espelho, passou uma escova pelos cabelos pretos, depois balançou a cabeça com um gesto característico para desorganizar um pouco os cachos. Espalhou um pouco de pó de arroz na pele quente cor de oliva, e colocou seu vestido com um movimento tão apressado que só conseguiu ajeitá-lo com certa dificuldade. Enfim estava pronta, embora não tivesse dito nada; apenas ficou ali, parada, olhando com um desinteresse curioso o marido do outro lado do quarto.

Brian, pensou ela, era bastante atraente. Não, é claro, lindo nem com traços delicados; uma ligeira irregularidade do nariz o salvara de ser lindo, e a robustez marcada do queixo o salvara de ter traços femininos. Mas ele era, de um modo agradavelmente masculino, belo. E, no entanto, será que não teria sido atraente de uma maneira ordinária se não fosse pela beleza da pele, com sua magnífica textura e a intensa cor de cobre?

Ele ergueu os olhos e disse:

— Clare? A moça que você mencionou da última vez que viajou? Aquela com quem foi tomar chá?

A resposta de Irene foi uma inclinação da cabeça.

— Estou pronta — falou.

Eles estavam descendo as escadas, Brian guiando-a com habilidade, sem necessidade alguma, no contorno dos dois breves degraus antes do patamar central.

—Você não vai — perguntou ele — se encontrar com ela, certo?

As palavras dele não eram uma pergunta, mas, como Irene sabia, uma advertência.

Ela cerrou os dentes. Então falou entre eles, com um tom ligeiramente sarcástico.

— Brian, querido, não sou idiota a ponto de não perceber que, se um homem me chama de crioula, a culpa é dele da primeira vez, mas que passa a ser minha se ele tiver a oportunidade de fazer isso de novo.

Ambos entraram na sala de jantar. Ele afastou a cadeira para a esposa, e Irene se sentou atrás do grande bule alemão, que exalava sua fragrância matinal, misturada com o cheiro de torradas crocantes e de um bacon saboroso no fundo. Com seus dedos longos e nervosos, Brian pegou o jornal da manhã, puxou sua própria cadeira e se sentou.

Zulena, uma pequena criatura cor de mogno, trouxe a toranja.

Eles pegaram as colheres.

Rompendo o silêncio, Brian falou baixinho.

— Minha querida, você me entendeu mal. Só quis dizer que espero que não se permita ficar incomodada com isso. Porque ela vai fazê-lo se você der a menor chance e se for minimamente parecida com o que descreve. De qualquer maneira, eles sempre incomodam. Além disso, o sujeito, o marido dela, não chamou você de crioula. Tem uma diferença, você sabe.

— Não, decerto não chamou. Não chegou a isso. Ele não podia, porque não sabia. Mas chamaria. Dá na mesma. E tenho certeza de que foi desagradável do mesmo modo.

— Hum, não sei. Mas parece que você, minha querida, tinha toda a vantagem. Você sabia que opinião ele tinha de você, mas ele... bom, sempre é assim. Nós sabemos, sempre sabemos. Eles não. Não exatamente. Admita que isso tem um lado divertido e, às vezes, suas conveniências.

Ela serviu o café.

— Não consigo ver dessa forma. Vou escrever para Clare. Hoje mesmo, se eu tiver um minuto. Podemos resolver isso de uma vez por todas, e logo. Curioso, não, que sabendo, como ela sabe, da atitude dele, Clare ainda...

Brian a interrompeu.

— É sempre assim. Nunca falha. Você se lembra de Albert Hammond, de como ele ficava assombrando a Sétima Avenida, a avenida Lenox e todos os lugares onde se dançava, até que um "negão" lhe deu um tiro por ficar de olho na "morena" dele? Eles sempre voltam. Vi isso acontecer várias vezes.

— Mas por quê? — perguntou Irene. — Por quê?

— Se eu soubesse, saberia o que é raça.

— Mas você não imaginaria que, após conseguir o que tanto queriam, eles não ficariam satisfeitos? Ou com medo?

— Sim — concordou Brian. — Era de se imaginar que sim. No entanto, não é o que acontece. Eles não ficam satisfeitos. Acho que, na maior parte do tempo, ficam bem assustados, mas acabam cedendo e voltam. O medo não é suficiente para impedir. Só Deus sabe por quê.

Irene se inclinou para a frente, falando, ela sabia, com uma veemência desnecessária, mas que não conseguia controlar.

— Bom, Clare que não conte comigo! Não tenho a menor intenção de servir de elo entre ela e a irmandade das meninas mais pobres e mais escuras. Ainda mais depois daquela cena em Chicago! Ficar esperando que eu... — Ela se deteve, de repente enraivecida demais para encontrar as palavras.

— Tem toda a razão. É a única coisa sensata a fazer. Ela que sinta sua falta. É algo meio mórbido, essa história toda. Sempre é.

Irene assentiu.

— Mais café? — ofereceu ela.

— Não, obrigado. — Brian pegou o jornal de novo, abrindo-o com uma pequena crepitação.

Zulena trouxe mais torradas. Brian pegou uma e deu uma mordida com aquele som audível de mastigação que tanto irritava a esposa, e voltou ao jornal.

— É curiosa essa história de se fingir de branco — disse Irene. — Nós criticamos e, ao mesmo tempo, perdoamos. Causa desprezo e certa admiração. Evitamos isso com um tipo estranho de repulsa, mas protegemos quem faz.

— Instinto da raça para sobreviver e proliferar.

— Bobagem! Não se pode explicar tudo com uma frase biológica genérica.

— Pode-se explicar absolutamente tudo. Olhe os assim chamados brancos, que espalharam bastardos por todo o mundo. Há a mesma coisa neles. Instinto da raça para sobreviver e proliferar.

Disso Irene discordava, mas várias discussões no passado a ensinaram a inutilidade de tentar contradizer Brian em um terreno em que ele se sentia mais confortável do que ela. Ignorando aquela afirmação sem embasamento, ela passou para um tema diferente.

— Estava pensando — falou ela — se você teria tempo de me levar até a gráfica. Fica na rua 116. Preciso ver uns folhetos e uns ingressos para o baile.

— Sim, claro. Como está indo? Tudo pronto?

— Sim. Acho que sim. Venderam os camarotes e quase todo o primeiro lote de ingressos. E esperamos vender quase a mesma quantidade na porta. E tem todo aquele bolo para vender também. É trabalho que não acaba mais.

— Aposto que sim. Ajudar os irmãos não é fácil. Também ando mais ocupado que um gato pulguento. — Uma expressão sombria passou pelo rosto dele. — Senhor! Como eu odeio gente doente, e aquelas famílias estúpidas deles se metendo, e aquelas salas fedidas, sujas, e ficar subindo escadas nojentas em corredores escuros...

— Com certeza — respondeu Irene, lutando contra o medo e a irritação que sentia. — Com certeza...

O marido a silenciou, dizendo bruscamente:

— Por favor, não vamos falar sobre isso. — E, de imediato, com seu tom normal, um pouco irônico, perguntou: — Já está pronta para ir? Não posso esperar muito.

Ele se levantou. Ela o seguiu até o vestíbulo sem falar nada. Brian pegou o chapéu marrom que estava na mesinha e, por um momento, girou-o em seus longos dedos cor de chá.

Olhando para o marido, Irene pensou: "Não é justo, não é justo." Depois de tantos anos, ele ainda a culpava daquele jeito. Será que o sucesso dele não era a prova de que Irene estava certa quando insistiu que ele permanecesse na profissão em Nova York? Será que Brian não via, mesmo agora, que *tinha sido* melhor? Não por ela, ah, não, não por ela — ela jamais pensou em si mesma, na verdade —, mas por ele e pelos meninos. Será que Irene nunca se livraria daquilo, daquele medo que rastejava dentro de si, roubando-lhe a sensação de segurança, de permanência, da vida que construíra de maneira tão admirável para todos e que desejava com tanto ardor que permanecesse igual? Aquela estranha — e, para Irene, inacreditável — ideia do marido de ir para o Brasil, que, embora ele não mais mencionasse, seguia viva dentro dele: como aquilo a assustava e, sim, como a enfurecia!

— Vamos? — perguntou ele.

— Só vou pegar minhas coisas. Um minuto — disse ela, e foi para o andar de cima.

A voz e até os passos dela eram firmes, mas, por dentro, a agitação e o alarme que a expressão de descontentamento de Brian tinha feito surgir não haviam se acalmado. Ele jamais voltara a mencionar seu desejo desde aquele momento, há muito tempo, cheio de tormenta e tensão, de brigas odiosas que quase levaram ao desastre, quando ela se opôs a ele com firmeza, quando ressaltou, de modo tão sensato, a completa impossibilidade daquela ideia e as prováveis consequências para ela e para os meninos, e chegou até a insinuar o término do casamento, caso ele insistisse. Não, não houve, em todos os anos em que conviveram desde então, nenhuma outra conversa sobre o tema, assim como não houve outras brigas ou ameaças. Mas como, segundo ela insistia, o vínculo de carne e espírito entre eles era tão grande, Irene sabia, sempre soube, que Brian seguia insatisfeito, e que sua profissão e seu país continuavam a ser um incômodo e um desgosto para ele.

Uma sensação de inquietude tomou Irene com a chegada da inconcebível suspeita de que ela pudesse ter se equivocado ao avaliar o caráter do marido. Contudo, ela se desvencilhou daquilo. Impossível! Não podia estar errada. Tudo provava que estivera certa. Mais do que certa, se é que era possível. E tudo isso acontecia, Irene garantia a si mesma, porque ela o entendia tão bem, porque possuía, na verdade, um talento especial para compreendê-lo. Aquilo era, do ponto de vista dela, a verdadeira base do sucesso em que ela transformou um casamento que estava fadado ao fracasso. Ela o conhecia tão bem quanto ele mesmo, ou até melhor.

Então por que se preocupar? Aquilo, aquele descontentamento que havia explodido em palavras decerto passaria, acabaria evanescendo. Verdade, muitas vezes no passado ela esteve tentada a acreditar que aquilo havia morrido, só para vir a tomar consciência, de alguma maneira instintiva e sutil, que vinha se enganando por um tempo e que o desejo do marido continuava vivo. Mas aquilo *ia* morrer. Disso ela estava certa. Irene só precisava orientar e guiar seu marido, para mantê-lo no caminho certo.

Ela colocou o casaco e ajeitou o chapéu.

Sim, aquilo morreria, como ela havia decidido há muito tempo que aconteceria. Mas enquanto isso, enquanto aquela vontade continuasse viva e tivesse o poder de ressurgir e alarmá-la, seria necessário soterrá-la, sufocá-la e oferecer algo no lugar. Ela teria que criar algum plano, tomar alguma decisão, e logo. Franziu a testa, pois aquilo a incomodava muito. Porque, embora fosse temporário, era importante e potencialmente perturbador. Irene não gostava de mudanças, sobretudo as que afetavam a tranquila rotina de sua casa. Bom, não havia como evitar. Algo precisava ser feito. E o mais rápido possível.

Irene pegou a bolsa e, calçando as luvas, se apressou para descer a escada. Passou pela porta que Brian manteve aberta para ela e entrou no carro que a esperava.

— Sabe — disse ela, se ajeitando no banco ao lado dele —, fico feliz de ter esse minutinho sozinha com você. Parece que estamos sempre tão ocupados... Eu odeio isso, mas o que fazer? Tem uma coisa que está na minha cabeça faz muito tempo, uma coisa sobre a qual precisamos conversar a sério.

O motor do carro trovejou ao se afastar do meio-fio e entrar no tranquilo tráfego da rua, conduzido com perícia por Brian.

Ela estudou o perfil dele.

Entraram na Sétima Avenida. Então, ele falou:

— Muito bem, vamos conversar. O presente é o melhor momento para resolver problemas.

— É sobre Júnior. Fico pensando se ele não está indo rápido demais na escola. A gente esquece que ele só tem 11 anos. Com certeza não pode ser bom para ele, quer dizer, se isso estiver acontecendo mesmo. Se estiver se apressando muito. Claro, você entende mais dessas coisas do que eu. Tem mais condições de julgar. Você notou ou pensou alguma coisa sobre isso?

— Eu gostaria muito, Irene, que você não se preocupasse o tempo todo com esses meninos. Eles estão bem. São bons garotos, fortes, saudáveis, principalmente o Júnior. *Especialmente* o Júnior.

— Bom, acho que deve ter razão. Em teoria, você entende desse tipo de coisa, e tenho certeza de que não cometeria um erro com o próprio filho. — Por que ela falou aquilo? — Mas essa não é a única coisa. Tenho medo de que ele tenha ideias estranhas sobre as coisas, algumas coisas, ideias que ele pode aprender com os meninos mais velhos.

Ela estava se comportando de modo conscientemente tranquilo. Ao que parecia, Irene prestava atenção ao labirinto do trânsito, mas continuava observando de perto o rosto de Brian. Havia uma expressão peculiar nele. Será que aquilo era, será que poderia ser, uma mescla de sarcasmo e desgosto?

— Ideias estranhas? — falou ele. — Você quer dizer ideias sobre sexo, Irene?

— Sim. Ideias não muito boas. Piadas horrorosas e coisas do gênero.

— Ah, entendo — disse ele.

Por um instante houve silêncio entre os dois. Depois de um momento, Brian perguntou:

— Bom, mas e daí? Se sexo não é uma piada, o que é então? E o que é uma piada, afinal?

— Você que sabe, Brian. Ele é seu filho. — A voz dela soou límpida, equilibrada, cheia de desaprovação.

— Exatamente! E você está tentando fazer dele um maricas. Bom, não vou aceitar isso. E nem adianta pensar que vou deixar você transferir Júnior para uma escola bonitinha do tipo jardim de infância, porque ele está sendo instruído em coisas necessárias. Não! Ele vai ficar exatamente onde está! Quanto antes e quanto mais ele aprender sobre sexo, melhor. E se ele aprender que sexo é uma grande piada, a maior piada do mundo, melhor ainda. Isso vai evitar muitas decepções mais tarde.

Irene não respondeu.

Eles chegaram à gráfica. Ela desceu e bateu a porta do carro com força. Uma agonia, uma angústia penetrante assolava seu coração. Ela não pretendia se comportar daquela maneira, mas o extremo ressentimento pela atitude do marido, a sensação de ter sido intencionalmente mal interpretada e repreendida, deixou-a furiosa.

Dentro da loja, Irene conseguiu fazer com que seus lábios parassem de tremer e controlou sua ira crescente. Tendo feito o que precisava, ela voltou para o carro com certo remorso. Porém, ao se deparar com a armadura do silêncio teimoso de Brian, se pegou dizendo em uma voz calma, metálica:

— Não acredito que vou ter que voltar. Lembrei-me de que preciso arranjar alguma coisa decente para vestir. Não tenho um mísero trapo digno. Vou pegar o ônibus para o centro.

Brian apenas tirou o chapéu daquele modo irritantemente educado que refreava e ao mesmo tempo revelava seu temperamento com tanto sucesso.

— Tchau — disse ela, sardônica. — Obrigada pela carona.

E foi em direção à avenida.

Ela pensou no que fazer a seguir. Estava irritada consigo mesma por ter iniciado de modo tão desajeitado uma conversa que queria ter: iria sugerir uma escola europeia para Júnior no ano seguinte e que Brian o levasse. Se tivesse conseguido apresentar o plano, e o marido tivesse aceitado — como ela julgava que faria, desde que o tema fosse abordado de maneira mais favorável —, Brian teria aquilo como expectativa para quebrar a monotonia tranquila que parecia, por algum motivo que Irene não conseguia compreender, ser tão detestável para ele.

Ela estava ainda mais irritada com a explosão de raiva que teve. O que de repente lhe acometera para que ela cedesse àquilo em um momento tão importante?

Aos poucos, seu mau humor passou. Ela encarou o fracasso da primeira tentativa mais decepcionada e envergonhada do que desanimada. Pode ser que, além de ter perdido a cabeça fora de hora, tivesse ido com muita sede ao pote e, na ânsia de distraí-lo, fizera tudo muito perto da explosão dele, levando Brian a desconfiar de algo, o que o deixaria ainda mais teimoso. Ela precisaria esperar. Haveria um momento mais apropriado no dia seguinte, na semana que vem, no próximo mês. Agora, ao contrário do que acontecera no passado, ela não tinha medo de que ele fosse jogar tudo para o alto e correr para onde seu coração desejava. Irene sabia que o marido não faria isso. Brian gostava dela, amava-a, mesmo que ao seu modo levemente reservado.

E havia os meninos.

Ela só queria que ele fosse feliz, ainda que ficasse ressentida pela incapacidade de Brian de ser feliz com as coisas como elas eram, sem jamais reconhecer que, embora o quisesse feliz, Irene desejava que isso ocorresse apenas ao modo dela e por meio de algum plano que ela tivesse para ele. E a mulher também não admitia o fato de que via qualquer outro plano ou qualquer outro modo como ameaça, mais ou menos indireta, à segurança do lugar que ela insistia em ter para seus filhos e, em menor grau, para si.

DOIS

Cinco dias se passaram desde a mensagem com as súplicas de Clare Kendry. Irene Redfield não enviara resposta. Nem ouvira mais falar de Clare.

Ela não levara adiante a intenção inicial de escrever de imediato, pois, ao voltar à carta para ver o endereço de Clare, se deparou com algo que, em sua rigorosa determinação para manter intacto o muro que a própria Clare havia erguido entre elas, Irene esquecera ou não percebera plenamente: ela solicitara que a resposta fosse enviada para a agência do correio.

Aquilo a enfureceu e aumentou o desdém e o desprezo que sentia pela mulher.

Rasgando a missiva, Irene a jogou no lixo. Não era tanto o cuidado de Clare e seu desejo de sigilo na relação — Irene compreendia essa necessidade —, mas o fato de duvidar da discrição dela, o que implicava que poderia não ser cautelosa no texto de resposta e na escolha de uma caixa postal. Tendo sempre mantido completa confiança em seu bom julgamento e tato, Irene não tolerava que alguém questionasse aquelas qualidades. E com certeza não Clare Kendry.

Em outro momento, mais calmo, decidiu que o melhor, afinal, era não responder, não explicar, não rejeitar; livrar-se do assunto sem escrever nada. Clare, que não podia ser chamada de burra, certamente compreenderia aquele silêncio. Ela podia — e Irene sabia que o faria — preferir ignorá-lo e escrever de novo, mas não importava. Aquilo seria fácil demais. O lixo seria o destino de todas as cartas, o silêncio, sua resposta.

O mais provável era que ela e Clare nunca voltassem a se encontrar. Bom, poderia conviver com isso. Desde a infância, a vida delas jamais se cruzou. Na verdade, as duas eram estranhas uma à outra. Estranhas nos modos e no jeito de viver. Estranhas nos desejos e nas ambições. Estranhas até mesmo na consciência racial. Entre elas, a barreira era alta, larga e firme, como se Clare não tivesse aquela porção de sangue negro. Na verdade, era mais alta, mais larga e mais firme, porque, no caso dela, havia perigos desconhecidos e inimagináveis pelas outras pessoas que não tinham aqueles segredos para alarmá-las ou colocá--las em perigo.

O dia se encaminhava para o crepúsculo. Passava da metade de outubro. Fora uma semana de chuva fria, encharcando as folhas podres que caíram das pobres árvores que margeavam a rua dos Redfield. O clima fazia entrar na casa um ar úmido, gelado, penetrante, insinuando a chegada de dias mais frios. No quarto de Irene, havia uma lareira com fogo baixo. Lá fora, uma luz cinzenta e baça era o que restava do sol. Dentro, as lâmpadas já estavam acesas.

Do andar de cima vinha o som de vozes jovens. Às vezes, era a voz de Júnior, séria e afirmativa; depois, a de Ted, enganosamente graciosa. Com frequência, havia risos ou o barulho de agitação, luta ou brinquedos sendo jogados no chão.

Júnior, alto para a idade, era muito parecido com o pai nos traços e na cor; mas o temperamento era como o dela, prático e determinado, mais até do que Brian. Ted, curioso e reservado, era aparentemente menos assertivo nas ideias e nos desejos. Tinha um ar de candura semelhante à demonstração de aquiescência razoável do pai. Se, já durante a infância e com uma encantadora aparência de ignorância, ele se submetia ao poder de uma força superior ou a alguma outra condição ou circunstância intransponível, era em função de sua intensa aversão a cenas e discussões desagradáveis. De novo, Brian.

Aos poucos, os pensamentos de Irene se afastaram de Júnior e Ted e ficaram absortos no pai dos garotos.

O velho temor, com força renovada, pelo futuro, tinha mais uma vez posto suas mãos em Irene. E, por mais que tentasse, não conseguia se libertar desse medo. Era como se tivesse admitido a si mesma que, contra aquela concordância superficial e tranquila em relação aos desejos do marido, ela não tinha o que fazer. Desde que a guerra devolvera Brian fisicamente intacto, havia uma inclinação crescente nele para escapar do ambiente que lhe era adequado, levando suas posses consigo.

A decepção que Irene sentiu com o fracasso de sua primeira tentativa de subverter a mais recente manifestação de descontentamento do marido havia diminuído, deixando uma tristeza inquieta em seu rastro. Será que todos os esforços, todo o trabalho para compensar aquela única perda dele, toda a luta para provar que o jeito dela era o melhor, todos os cuidados, todo o desprendimento, passariam a não contar nada em um momento súbito e despercebido? E, se fosse o caso, quais seriam as consequências para os meninos? Para ela? Para o próprio Brian? Pensamentos infinitos não trouxeram resposta alguma a essas questões. Havia apenas fadiga pela espécie de procissão que as perguntas faziam em sua mente.

O ruído e a agitação do andar de cima estavam ficando cada vez mais altos. Irene estava prestes a ir à escada e pedir para que os meninos brincassem em silêncio quando ouviu a campainha.

Quem poderia ser? Ela ouviu os passos de Zulena, soando leves no caminho até a porta, depois o som dos pés nos degraus e, por fim, a leve batida na porta do quarto.

— Pode entrar — disse Irene.

Zulena ficou na soleira.

— Visita para a senhora, sra. Redfield. — O tom de voz dela era de um pesar discreto, como para demonstrar a relutância que sentia em perturbar a dona da casa àquela hora, ainda mais por causa de uma desconhecida. — Uma certa sra. Bellew.

Clare!

— Essa não! Diga a ela, Zulena — pediu Irene — que não posso… Não. Vou recebê-la. Por favor, acompanhe a sra. Bellew até aqui em cima.

Ouviu Zulena passar pelo vestíbulo e descer a escada; então, se levantou, alisando o tecido amarrotado do vestido verde e marfim com batidinhas das mãos. Diante do espelho, passou um pouco de pó de arroz no nariz e penteou os cabelos.

Pretendia dizer a Clare, de maneira imediata e definitiva, que tinha sido inútil ir até ali, que ela não podia ser responsável, que conversara com Brian e seu marido concordou que era mais prudente, pelo bem da própria Clare, evitar…

Porém, seu ensaio parou ali, pois Clare entrou suavemente no quarto sem bater e, antes que Irene pudesse cumprimentá-la, ela já beijava seus cachos escuros.

Vendo a mulher, Irene Redfield teve um inexplicável surto de afeição. Pegou as mãos da recém-chegada nas suas e disse, com algo semelhante a espanto na voz:

— Meu Deus! Mas não é que você está adorável, Clare?

Clare deixou aquilo de lado. Assim como o casaco de pele e o pequeno chapéu azul que jogou na cama antes de se sentar, reclinada, na poltrona favorita de Irene, apoiando um pé no chão.

— Não pretendia responder à minha carta, Rene? — perguntou, séria.

Irene desviou o olhar. Sentia aquele desconforto de alguém que não fora totalmente gentil ou verdadeiro.

Clare prosseguiu:

— Fui todo dia àquela repulsiva agência dos correios. Tenho certeza de que eles pensaram que tive um caso e fui rejeitada. Todo dia a mesma resposta: "Nada." Comecei a sentir um medo horroroso, achando que podia ter acontecido algo com minha carta ou com a sua. E metade das noites, eu ficava deitada acordada, olhando para as estrelas chorosas… quão inúteis são as estrelas… preocupada, pensando. Mas acabei me dando conta de que você não tinha escrito nem pretendia escrever. E então… bom, assim que Jack partiu para a Flórida, vim para cá. E agora, Rene, por favor, me diga com sinceridade por que não respondeu.

— Pois veja… — disse Irene, e manteve Clare esperando enquanto acendia um cigarro, apagava o fósforo com um sopro e o jogava no cinzeiro.

Tentava reunir argumentos, pois um sexto sentido lhe dizia que seria mais difícil do que ela imaginava convencer Clare Kendry da insensatez que o Harlem era para ela. Por fim, falou:

— Não consigo deixar de imaginar que você não devia estar nesta casa, que não deveria correr o risco de conhecer negros.

— Está querendo dizer que não me quer aqui, Rene?

Irene não imaginou que alguém pudesse parecer tão magoada. Ela rebateu, com gentileza:

— Não, Clare, não é isso. Mas até mesmo você deve ver que isso é uma tolice terrível e que não é a coisa certa a se fazer.

O tilintar da risada de Clare soou, enquanto ela passava as mãos pelas curvas brilhantes de seus cabelos.

— Ah, Rene! Você é impagável! Não mudou nem um pouco. A coisa certa! — Inclinando o corpo para a frente, fitou com curiosidade os olhos castanhos cheios e reprovadores de Irene. — Você não queria dizer isso! Ninguém poderia. É simplesmente inacreditável.

Irene ficou de pé antes de perceber que havia se levantado.

— O que realmente quero dizer — respondeu Irene — é que é perigoso e que você não deveria correr riscos tolos. Ninguém deveria. Muito menos você.

A voz dela estava frágil. Por sua mente, passou um pensamento estranho e irrelevante, uma suspeita que a surpreendeu, que a chocou e a levou a ficar de pé. Era que, apesar de seu egoísmo inato, a mulher diante dela ainda era capaz de picos e vales de sentimento que ela, Irene Redfield, jamais conhecera — que, na verdade, nunca quis conhecer.

O pensamento foi embora com a mesma velocidade com que surgiu.

Clare disse:

— Ah, eu!

Irene tocou o braço dela carinhosamente, como se arrependida daquela ideia breve.

— Sim, Clare, você. Não é seguro. Não é nem um pouco seguro.

— Seguro!

Para Irene, parecia que Clare enfiara os dentes na palavra e a arrancara dela. Por outro momento fugaz, suspeitou da capacidade da outra de sentir algo que, para Irene, era não apenas desconhecido como repugnante. Ela também estava consciente de um desastre iminente. Era como se Clare tivesse dito a sério "Segurança! Dane-se a segurança!" a uma pessoa que prezava sobretudo por sua proteção.

Com um gesto de impaciência, ela se sentou. Em uma voz de fria formalidade, disse:

— Brian e eu conversamos sobre toda essa história e decidimos que seria uma imprudência. Ele diz que esse retorno é sempre uma coisa arriscada. Já viu mais de um indivíduo lamentar ter feito isso. E, Clare, levando tudo em conta, a atitude do sr. Bellew e tudo o mais, não acha que devia ser o mais cuidadosa possível?

A voz grave de Clare quebrou o breve silêncio que se seguiu à fala de Irene. Ela disse, em um tom quase de queixa:

— Eu devia saber. É Jack. Não a culpo por sentir raiva, embora deva dizer que tenha se comportado perfeitamente naquele dia. Mas achei que entenderia, Rene. Foi aquele dia, em parte, que me fez querer encontrar outras pessoas. Aquele encontro mudou tudo. Se não fosse por ele, eu teria ido até o fim, e jamais voltaria a ver qualquer uma de vocês. Mas aquele dia causou algo em mim e, desde então, tenho estado tão solitária! Você não tem como saber. E não ter proximidade com uma alma sequer... Ninguém para conversar com você.

Irene apagou o cigarro. Enquanto fazia isso, teve de novo a visão de Clare Kendry olhando com desdém para o rosto do pai e pensou que seria daquela forma que olharia para o marido se ele caísse morto na frente dela.

No entanto, deixou o ressentimento de lado. Sua voz tinha um tom de piedade quando exclamou:

— Ora, Clare! Eu não sabia. Perdoe-me. Sinto-me tão mal. Fui tola de não ter me dado conta.

— Não. Nem um pouco. Não tinha como. Ninguém, nenhuma de vocês teria como saber — resmungou Clare. Os olhos negros se encheram de lágrimas que escorreram pelo rosto e caíram no colo, arruinando o inestimável veludo do vestido. As longas mãos estavam levemente levantadas e apertando uma à outra. O esforço dela para falar com moderação era óbvio, mas não bem-sucedido. — Como poderia saber? Como poderia? Você é livre. É feliz. E — falou, com um ligeiro escárnio — está em segurança.

Irene desprezou aquele toque de escárnio, porque a pungente rebelião das palavras da mulher trouxe lágrimas aos seus olhos, embora ela não tivesse lhes permitido escapar. A verdade era que Irene sabia que chorar não lhe caía bem. Poucas pessoas, imaginou, choravam de modo tão atraente quanto Clare.

— Começo a acreditar — murmurou Irene — que ninguém é feliz ou livre de verdade, nem está totalmente seguro.

— Bom, nesse caso, o que importa? Arrisca-se mais ou arrisca-se menos, se nunca estamos seguros, se nem você está segura, então não faz a mínima diferença. Para mim, ao menos, não faz. Além disso, estou acostumada a correr riscos. E esse nem é tão grande quanto você tenta fazer parecer.

— Ah, é sim. E pode fazer toda a diferença do mundo. Você tem sua filhinha, Clare. Pense nas consequências para ela.

Uma expressão de espanto surgiu no rosto de Clare, como se ela estivesse totalmente despreparada para essa nova arma com que Irene a atacou. Segundos se passaram, durante os quais ela ficou sentada com rancor, estreitando os olhos e comprimindo os lábios.

— Creio — disse Clare por fim — que ser mãe é a coisa mais cruel do mundo. — As mãos entrelaçadas balançaram para a frente e para trás, enquanto a boca escarlate tremia, incontida.

— Sim — concordou Irene suavemente.

Por um momento, ela não foi capaz de falar mais, tamanha a precisão com que Clare colocou em palavras aquilo que, sem uma definição tão categórica, ela mesma trazia em seu coração ultimamente. Ao mesmo tempo, estava consciente de que tinha uma razão que não podia ser deixada de lado de forma tão leviana.

— Sim — repetiu — e também é a mais responsável, Clare. Nós, mães, somos responsáveis pela segurança e pela felicidade de nossos filhos. Pense no que significaria para sua Margery caso o sr. Bellew descobrisse. Você provavelmente a perderia. E mesmo que não perdesse, nada voltaria a ser como antes. O pai jamais esqueceria que a filha tem sangue negro. E caso ela soubesse… Bom, acredito que depois dos 12 anos é tarde demais para ficar sabendo de algo assim… Mas ela jamais a perdoaria. Clare, é possível que você esteja acostumada a riscos; entretanto, esse é um que não deve correr. É um capricho egoísta, desnecessário e… Sim, Zulena, o que foi? — perguntou, um pouco azeda, à empregada que se materializara em silêncio à porta.

— Telefone para a senhora, sra. Redfield. É o sr. Wentworth.

— Muito bem. Obrigada. Vou atender aqui. — Murmurando um pedido de desculpas para Clare, ela pegou o telefone. — Alô? Sim, Hugh… Ah, bastante… E você? Lamento, já acabaram. Que pena… Sim, imagino que sim. Mas não é muito agradável… Sim, claro, se não tiver alternativa, tudo vale… Espere! Já sei! Eu troco o meu com quem estiver do seu lado, e você pode ficar com esse… Não, falo sério… Vou estar tão ocupada que nem vou saber se estou sentada ou de pé… Desde que Brian tenha um lugar em que possa se sentar de vez em quando… Absolutamente ninguém… Não, não faça… Ótimo… Mande um beijo para Bianca. Já resolvo isso e ligo de volta. Tchau.

Ela desligou e se voltou para Clare, com um ligeiro franzir nos traços suavemente desenhados.

— É o baile da LBEN — explicou —, a Liga do Bem-Estar dos Negros. Estou na comissão de ingressos ou, para ser mais precisa, *sou* a comissão de ingressos. Graças a Deus, o baile vai ser amanhã à noite e só acontece de novo daqui a um ano. Estou enlouquecendo e agora preciso convencer alguém a trocar de camarote comigo.

— Esse na ligação não era — perguntou Clare — Hugh Wentworth? Não *o* Hugh Wentworth, certo?

Irene inclinou a cabeça. Em seu rosto, havia um minúsculo sorriso de triunfo.

— Sim, era *o* Hugh Wentworth. Você o conhece?

— Não. Como conheceria? Mas sei quem é. Li um ou dois livros dele.

— São bons, não?

— Hmm, imagino que sim. Um pouco contemporâneos demais, achei. Como se ele mais ou menos desprezasse tudo e todos.

— Eu não ficaria surpresa se fosse verdade. De qualquer forma, ele ganhou o direito de fazê-lo. Viveu à margem em pelo menos três continentes. Passou por todo tipo de perigo em todo tipo de lugar incivilizado. Não é de surpreender que ele pense que nós somos um bando de preguiçosos mimados. Mas Hugh é um querido, generoso como um dos apóstolos. Seria capaz de tirar a roupa do corpo para dar ao próximo. Bianca, sua esposa, também é simpática.

— E ele vai ao seu baile?

Irene se perguntou por que não iria.

— Parece curioso, um homem dessa estirpe, indo a um baile de negros.

Irene lhe respondeu que elas estavam no ano de 1927 na cidade de Nova York e que centenas de pessoas brancas, como Hugh Wentworth, iam a eventos no Harlem, e cada vez mais. Tantos que Brian tinha dito: "Em breve vão proibir a presença dos negros aqui, ou vamos ter que sentar em áreas segregadas."

— E por que eles vêm?

— Pelo mesmo motivo que você: ver negros.

— Mas por quê?

— Por diversas razões — explicou Irene. — Uns poucos pura e simplesmente para se divertir. Outros para conseguir material e fazer dinheiro. A maioria para ver as celebridades e quase celebridades enquanto estas olham para os negros.

Clare bateu com uma mão na outra.

— Rene, posso ir também? Parece muito interessante e divertido. E não vejo por que não...

Irene, que a observava por entre as pálpebras semicerradas, teve o mesmo pensamento de dois anos antes na cobertura do Drayton: que Clare Kendry era um pouco bonita demais. O tom dela estava à beira da ironia quando falou:

— Você quer dizer uma vez que tantos outros brancos também vão?

Uma cor rósea tomou o rosto de marfim de Clare. Ela ergueu uma das mãos em protesto.

— Não seja tola! Claro que não! O que estou dizendo é que, no meio de uma multidão dessa, ninguém vai reparar em mim.

Irene era da opinião contrária. Podia ser até perigoso demais, achava. Algum amigo ou conhecido de John Bellew ou até mesmo dela podia reconhecê-la.

Ao ouvir aquilo, Clare riu por um tempo, pequenos trinados musicais que se seguiam um ao outro. Era como se a ideia de um amigo de John Bellew ir a um baile de negros fosse a coisa mais divertida do mundo para ela.

— Acho — disse, quando parou de rir — que não precisamos nos preocupar com isso.

Irene, contudo, não tinha tanta certeza. Mas todos os esforços dela para dissuadir Clare foram inúteis. À argumentação de que "Nunca se sabe quem você pode encontrar lá", a resposta de Clare foi:

— Vou arriscar.

— Mas você não vai conhecer ninguém lá, e eu estarei ocupada demais para lhe fazer companhia. Ficará entediada.

— Não, não ficarei. Se ninguém me convidar para dançar, nem mesmo o dr. Redfield, simplesmente permanecerei sentada de olho nas celebridades e quase celebridades. Seja educada, Rene, e me convide.

Irene desviou da carícia do sorriso de Clare, falando de modo categórico:

— Não vou fazer isso.

— Pretendo ir de qualquer jeito — respondeu Clare, com a voz tão categórica quanto a de Irene.

— Não. Você não pode ir sozinha. É um evento público. Todo tipo de gente vai, qualquer pessoa que possa pagar um dólar, inclusive mulheres da vida em busca de clientes. Se for sozinha, pode ser confundida com uma delas, e isso seria muito desagradável.

Clare riu de novo.

— Obrigada. Isso nunca me aconteceu. Pode ser divertido. Estou avisando, Rene, que, se não for boazinha e me levar, estarei lá de qualquer jeito. Suponho que meu dólar valha tanto quanto o de qualquer outro.

— Ah, o dólar! Não seja boba, Clare. Não me importo com os lugares que frequenta ou com o que faz. Apenas me preocupo com coisas desagradáveis e possíveis perigos que possa correr em decorrência da sua situação. Para ser honesta, não gostaria de me ver envolvida em uma confusão desse tipo. — Ela voltou a se levantar enquanto falava e agora estava diante da janela, erguendo e organizando os pequenos crisântemos amarelos no jarro sobre a soleira. Suas mãos tremiam um pouco, pois estava à beira de um surto de impaciência e exasperação.

O rosto de Clare parecia estranho, como se quisesse chorar. Um dos pés, coberto de cetim, balançava sem parar para a frente e para trás. Ela disse veementemente, quase com violência:

— Maldito Jack! Ele me mantém excluída de tudo. De tudo que quero. Eu podia matá-lo! Espero um dia poder fazê-lo.

— Não faria isso, se fosse você — aconselhou Irene. — Veja, ainda temos pena de morte, pelo menos neste estado. E, levando tudo em conta, sinceramente não acho que tenha o direito de jogar toda a culpa nele. Precisa admitir que o lado dele nessa história também deve ser levado em consideração. Você não disse para Jack que era mestiça, e, sendo assim, ele não tinha como saber do seu desejo de conhecer negros ou que fica furiosa ao ouvir alguém chamar negros de crioulos ou de diabos pretos. Ao que parece, você simplesmente vai ter que aturar certas coisas e abrir mão de outras. Como dissemos, tudo tem seu preço. Por favor, seja razoável.

Porém, era nítido que Clare abandonara tanto a razão quanto a cautela. Ela balançou a cabeça.

— Não posso, não posso. Faria isso se pudesse, mas não posso. Você não entende, Irene, não tem como entender o quanto eu quero ver negros, estar entre eles, falar com eles, ouvir as risadas deles.

E o olhar que Clare lançou a Irene parecia tatear algo, desamparado; no entanto, encontrava apenas a firme resolução que havia na alma da própria Irene, e aquilo fez crescer o sentimento de dúvida e remorso que crescia dentro dela em relação a Clare Kendry.

Irene, porém, desistiu.

— Ah, apareça se quiser. Imagino que tenha razão. Uma vez não pode causar um mal tão terrível.

Ignorando os extravagantes agradecimentos de Clare, já que se arrependera de ter consentido imediatamente, Irene disse:

— Quer conhecer meus meninos?

— Eu adoraria.

As duas subiram. Irene pensava que Brian pensaria que a esposa se comportara como uma tola sem coragem. E teria razão. Ela, sem dúvida, agira assim.

Clare sorria. Ficou na porta do quarto de brinquedos dos meninos, os olhos voltados para baixo, observando Júnior e Ted, que estavam se afastando depois de uma luta. No rosto de Júnior, havia um ligeiro e divertido olhar de ressentimento. O rosto de Ted estava impassível.

— Por favor não fiquem zangados. Sei que estraguei tudo. Mas quem sabe, se eu prometer não atrapalhar muito, vocês me deixam entrar? — disse Clare.

— Claro, entre se quiser — respondeu Ted. — A gente não pode impedir, sabe. — Ele sorriu e fez uma pequena reverência. Depois, foi até uma prateleira onde ficavam seus livros favoritos. Tirando um de lá, sentou-se em uma cadeira e começou a ler.

Júnior não falou nem fez nada, apenas ficou em pé.

— Levante-se, Ted! Que falta de educação. Esse é Theodor, sra. Bellew. Por favor, perdoe os péssimos modos dele. O menino não é sempre assim, juro. E esse é Brian Júnior. A sra.

Bellew é uma velha amiga da mamãe. Brincávamos juntas quando éramos crianças.

Clare já tinha ido embora, e Brian telefonou dizendo que estava atrasado e que teria que jantar na cidade. Irene ficou até feliz com isso. Ela sairia mais tarde, então isso significava que, provavelmente, só encontraria Brian pela manhã. Assim, poderia adiar por algumas horas a conversa sobre Clare e o baile.

Irene estava irritada consigo mesma e com a amiga. Muito mais consigo mesma, por ter permitido que a mulher a levasse a fazer algo que Brian tinha, quase que expressamente, pedido que não fizesse. Ela não queria que o marido ficasse irritado, não agora, não enquanto estava possuído por aquela insensata sensação de alvoroço.

Também estava aborrecida por saber que consentira com algo que, se fosse além do baile, iria envolvê-la em inúmeras inconveniências e subterfúgios. Não só com Brian, mas com amigos e conhecidos também. As desagradáveis possibilidades ligadas à convivência com Clare Kendry se assomaram diante dela em uma série infinita e enervante.

Clare, ao que parecia, continuava tendo a capacidade de conseguir o que queria independente de qualquer obstáculo, e em completa desconsideração pela conveniência e pelo desejo alheios. Havia nela certa característica, firme e persistente, como a força e a durabilidade de uma rocha, que não podia ser vencida ou ignorada. Ela não poderia, pensou Irene, ter uma vida completamente serena; não com aquele segredo sombrio rastejando para sempre em sua consciência. E, no entanto, não havia nela o ar de uma mulher cuja vida fosse tocada pela incerteza ou pelo sofrimento. Dor, medo e tristeza deixavam marcas nas pessoas. Até o amor, aquela emoção extraordinária e torturante, imprimia seus traços sutis no semblante de alguém.

Clare, porém... ela permanecia sendo quase aquilo que sempre fora, uma criança bonita e solitária, mas também egoísta, teimosa e perturbadora.

TRÊS

As coisas de que Irene Redfield se lembraria depois sobre o baile da Liga para o Bem-Estar dos Negros pareciam, para ela, pouco importantes e sem conexão entre si.

Ela se lembraria do sorriso não exatamente irônico com que Brian encobriu sua irritação quando lhe contou — ah, Irene pediu tantas desculpas — que prometera levar Clare, e relatou a conversa que as duas tiveram.

Ela se lembraria de sua pequena e abafada exclamação de admiração quando, ao descer as escadas alguns minutos depois do que pretendia, entrou às pressas na sala de estar onde Brian esperava e encontrou Clare ali. Clare, linda, dourada, perfumada, se exibindo em um vestido majestoso de tafetá negro brilhante, cuja saia rodada e longa caía em dobras graciosas sobre seus delicados pés; seus cabelos brilhantes presos suavemente em um coque na nuca; os olhos cintilando como joias escuras. Irene, com seu novo vestido rosa de chiffon que ia até a altura dos joelhos e seus cachos cortados se sentiu deselegante e banal. Arrependeu-se de não ter aconselhado Clare a vestir algo menos chamativo. O que Brian pensaria dessa tentativa de chamar a atenção? Contudo, caso o surgimento de Clare Kendry tivesse algo que fosse irritante ou desagradável para Brian Redfield, o fato não foi discernível para sua esposa quando, com um receoso sentimento de culpa, Irene ficou ali de pé olhando para o rosto do marido enquanto Clare explicava que os dois já tinham se apresentado, acompanhando as palavras com um pequeno sorriso de deferência para Brian e recebendo em troca um dos sorrisos divertidos e levemente irônicos dele.

Ela se lembraria de Clare dizer, enquanto iam rapidamente para o norte:

— Sabe, estou me sentindo da mesma forma quando íamos à celebração da árvore de Natal no domingo. Eu sabia que tinha uma surpresa para mim e não conseguia adivinhar o que era. Estou animadíssima. Vocês não têm como imaginar! É maravilhoso estar a caminho! Mal posso acreditar!

Ao ouvir as palavras dela e o tom de sua voz, uma onda de desdém gelado passou por Irene. Todo aquele exagero! Ela disse, tomando o cuidado para soar indiferente:

— Bom, talvez, de certo modo, você se surpreenda mais do que imagina.

Brian, no volante, respondeu:

— Por outro lado, ela não vai se surpreender tanto, porque, sem dúvida, será mais ou menos o esperado. Como na árvore de Natal.

Ela se lembraria de correr para cá e para lá, falando com essa pessoa e com aquela, e, de vez em quando, aproveitando um pouco do baile com algum homem que dançava de um jeito que achava particularmente interessante.

Ela se lembraria de ver Clare de relance em meio à multidão, rodopiando, dançando, às vezes com um branco, mais vezes com um negro, frequentemente com Brian. Irene ficou feliz pelo marido estar sendo gentil com Clare e por ela ter a oportunidade de descobrir que alguns homens de cor eram superiores a alguns brancos.

Ela se lembraria de uma conversa que teve com Hugh Wentworth em uma meia hora livre, quando desmoronou em uma cadeira em um camarote vazio e deixou seu olhar percorrer a brilhante multidão lá embaixo.

Homens jovens, homens velhos, homens brancos, homens negros; mulheres joviais, mulheres mais velhas, mulheres rosadas, mulheres douradas; homens gordos, homens magros, homens altos, homens baixos; mulheres roliças, mulheres delgadas, mulheres imponentes, mulheres pequenas iam para lá e para cá. Uma velha canção infantil surgiu em sua mente. Ela se virou para Wentworth, que acabara de se sentar ao lado dela, e recitou:

"Tem rico, tem pobre,
Mendigo e ladrão,
Doutor, magistrado,
E índio e aldeão."

— Sim — disse Wentworth. — É isso. Parece que veio todo mundo e mais um pouco. Porém, o que estou tentando descobrir é o nome, a situação e a raça daquela beldade loura saída de um conto de fadas. A mulher está dançando com Ralph Hazelton agora. Um belo estudo de contrastes.

De fato. Clare estava bela e dourada, como um dia de sol, enquanto Hazelton era escuro com olhos tão brilhantes quanto uma noite de luar.

— É uma moça que conheci há muito tempo em Chicago. Ela queria especialmente conhecer o senhor.

— Muita bondade da parte dela, com certeza. E agora, ai de mim! Aconteceu o que sempre acontece. Todos esses outros, esses… hã… "cavalheiros de cor" tiraram esse mero nórdico dos pensamentos dela.

— Que bobagem!

— É fato, e é o que acontece com todas as mulheres da minha raça superior que ficam fascinadas neste baile. Veja Bianca. Acha que tive chance de olhar para ela a não ser de vez em quando, aqui e ali, rodopiando com um etíope? Que nada!

— Mas, Hugh, você precisa admitir que o homem de cor mediano dança melhor do que o homem branco mediano. Quer dizer, se é que as celebridades e os ostentadores que vêm até aqui são espécimes representativos da arte terpsicórica dos brancos.

— Jamais tendo bailado com um varão, não me vejo em condições de discutir o assunto. Porém, não creio que seja só isso. Tem algo mais, outra atração. Elas estão sempre nesse desvario sobre a beleza de algum negro, de preferência excepcionalmente escuro. Veja Hazelton, por exemplo. Dezenas de mulheres declararam que ele é muito belo. E você, Irene? Acha que ele é… arrebatadoramente bonito?

— Não! E não acredito que as outras pensem assim também. Não de verdade, quero dizer. Acho que o que sentem é, bom, uma espécie de empolgação emocional. O senhor sabe, o tipo de coisa que se sente diante de algo estranho e até, quem sabe, um pouco repugnante para você; algo tão diferente que, na verdade, é o polo oposto de todas as noções de belo a que está acostumado.

— Que um raio caia em minha cabeça se não estiver certa!

— Tenho certeza de que estou certa. Exceto, claro, quando as mulheres estão sendo apenas gentis e condescendentes. E sei de moças de cor que tiveram a mesma experiência… mas ao contrário, naturalmente.

— E os homens? Decerto não concorda com a opinião geral sobre o motivo para que eles venham até aqui, que estariam agindo como predadores. Ou concorda?

— Não. Acho que é mais curiosidade, diria.

Wentworth, cujos olhos eram de um âmbar enevoado, olhara longamente para ela de um modo penetrante. Na verdade, ele a encarava.

— Tudo isso é muito interessante, Irene. Temos que ter uma conversa mais longa sobre o tema em breve. Lá está sua amiga de Chicago, pela primeira vez aqui e tudo mais. Ela é um bom exemplo.

Irene sorriu, movendo apenas os cantos de seus lábios pintados. A chama de um fósforo surgiu nas largas mãos de Wentworth enquanto o homem acendia o cigarro dela e depois o próprio, que se apagou antes de ele perguntar:

— Ou não é?

O sorriso dela se transformou em gargalhada.

— Ah, Hugh. Você é tão inteligente. Em geral, sabe de tudo. Até como separar ovelhas de cabras. O que acha?

Ele soltou uma longa espiral de fumaça ao contemplar.

— Que droga, não sei! Tinha certeza de que aprendera o truque. Mas, um minuto depois, não ia conseguir dizer nem que minha vida dependesse disso.

— Bom, não se incomode. Ninguém pode dizer. Não só com o olhar.

— Não só com o olhar, é? O que isso significa?

— Acho que não sei explicar. Não com clareza. Existem maneiras. Mas não são definidas ou tangíveis.

— Sensação de proximidade ou algo assim?

— Nossa, não! Ninguém sente isso, senão em relação aos próprios parentes.

— Mais uma vez com razão! Volte para a história das ovelhas e cabras.

— Bom, veja minha experiência com Dorothy Thompkins. Eu me encontrei com ela quatro ou cinco vezes, em grupos e no meio de um monte de gente, antes de saber que ela não era negra. Um dia, fui a um chá horroroso, uma ostentação terrível. Dorothy estava lá. Começamos a conversar. Em menos de cinco minutos, eu sabia que ela era branca. Não foi nada que Dorothy fez ou disse, nem algo na aparência dela. Foi só... alguma coisa. Alguma coisa que não consigo especificar.

— Ah, entendo o que quer dizer. E, mesmo assim, muita gente finge ser o que não é o tempo todo.

— Não do nosso lado, Hugh. É fácil para um negro se passar por branco. Mas não acho que seria simples para um branco se passar por negro.

— Nunca pensei nisso.

— Não, claro que não. Por que pensaria?

Ele a examinou com o olhar.

— Isso foi uma crítica, Irene?

Ela disse sobriamente:

— Não a você, Hugh. Gosto de você. É um homem sincero demais.

E Irene lembraria que, perto do fim do baile, Brian se aproximou dela e falou:

— Vou deixar você primeiro e depois levar Clare.

E que ele teve dúvidas sobre a discrição de Irene quando a esposa explicou que ele não precisava se preocupar, pois tinha pedido que Bianca Wentworth desse uma carona para Clare. Brian perguntou se Irene achava prudente contar a eles sobre Clare.

— Não contei nada — afirmou ela, ríspida, porque estava insuportavelmente cansada. — Só falei que Clare estava no Walsingham. Fica no caminho deles. E, na verdade, nem passou pela minha cabeça se era prudente ou não. Mas, agora que estou pensando nisso, acho que é melhor eles darem a carona do que você.

— Você que sabe. Ela é sua amiga — respondeu ele, dando de ombros.

Exceto por essas poucas coisas desconexas, o baile desapareceu em memórias enevoadas, os contornos se misturando com os de outros encontros parecidos a que ela comparecera no passado e aos quais iria no futuro.

QUATRO

Porém, por mais que tenha parecido comum, o baile foi importante. Afinal, o evento deu início a um novo fator na vida de Irene Redfield, algo que deixou sua marca em todos os seus anos futuros. Foi o começo de uma nova amizade com Clare Kendry.

Ela passou a visitá-los com frequência depois do baile. Sempre com uma alegria comovente que se acumulava até transbordar por toda a casa dos Redfield. Irene jamais teve certeza se as visitas eram uma alegria ou um aborrecimento.

Com certeza, Clare não causava problemas. Não era necessário entretê-la ou mesmo reparar nela — se é que alguém conseguia não reparar em sua figura. Se, por acaso, Irene estivesse fora ou ocupada, sua amiga ficava feliz em se divertir com Ted e Júnior, que passaram a ter por ela uma admiração que beirava a adoração, sobretudo Ted. Ou, na ausência dos meninos, ela descia até a cozinha e — na opinião de Irene, com uma falta de noção exasperante — passava o tempo da visita conversando e se divertindo com Zulena e Sadie.

Irene, embora se ressentisse dessas visitas ao quarto de brinquedos ou à cozinha, por alguma razão obscura que evitava colocar em palavras, jamais pediu a Clare que pusesse fim àquilo, nem insinuou que ela não teria mimado tanto sua filha ou teria sido tão amigável com os próprios criados.

Brian via a situação com a mesma diversão tolerante que marcava sua relação com Clare. Jamais, desde sua leve surpresa irônica ao saber que ela iria acompanhá-los ao baile naquela noite, o marido deu quaisquer mostras de desaprovação à presença da mulher. Por outro lado, não era possível dizer que a presença dela parecesse agradá-lo. Para Brian, até onde Irene podia perceber, aquilo não chegava a ser um incômodo ou uma perturbação.

Certa vez, ela perguntou se o marido achava Clare bonita.

— Não — respondeu ele. — Quer dizer, não especialmente.

— Brian, seu mentiroso!

— Não, estou falando a verdade. Pode ser que eu seja exigente demais. Imagino que ela seria uma branca muito bonita. Mas gosto de mulheres mais escuras. Comparada a uma negra de primeira classe, ela não dá nem para o gasto.

Clare, às vezes, ia com Irene e Brian a festas e bailes, e, em algumas poucas ocasiões em que Irene não pôde ou não quis sair, foi sozinha com Brian a alguma partida de bridge ou a um baile beneficente.

De vez em quando, ela aparecia formalmente para jantar com eles. Contudo, apesar da elegância e do ar de sofisticação, Clare não era a convidada ideal para um evento desse tipo. Exceto pelo prazer estético que se sentia ao admirá-la. Ela pouco contribuía, ficando sentada na maior parte do tempo em silêncio com um estranho olhar sonhador nos olhos hipnóticos. Embora pudesse, por algum motivo próprio — como o desejo de ser incluída em um grupo que se organizava para ir a um cabaré, ou obter um convite para um baile ou para um chá —, falar com fluência e de modo agradável.

Em geral, as pessoas gostavam dela. Era amigável e solícita, e estava sempre pronta a derramar lisonjas sobre todos. Além disso, não tinha objeções em parecer um pouco patética e maltratada para que os outros sentissem pena dela. E, independente de quanto fosse vê-los, Clare continuava sendo uma pessoa à parte, um pouco misteriosa e estranha, alguém digno de especulações, admiração e pena.

As visitas eram inconstantes e incertas já que dependiam da ausência de John Bellew na cidade. Porém, de vez em quando, ela conseguia fugir para uma tarde no Harlem mesmo quando seu marido não estava viajando. À medida que o tempo passava sem qualquer risco aparente de descoberta, até mesmo Irene deixou de se inquietar com a possibilidade de Jack descobrir a identidade racial dela.

A filha de Clare, Margery, viajara à Suíça a fim de estudar, e a amiga e Bellew voltariam ao país no início da primavera, em março, acreditava Irene.

— E como odeio pensar nisso! — dizia Clare, sempre insinuando uma rebelião controlada. — Mas não vejo escapatória. Jack não quer nem saber de eu ficar aqui. Se pudesse ter só mais uns meses sozinha em Nova York, seria a pessoa mais feliz do mundo.

— Imagino que vá ficar feliz o suficiente depois de ter ido embora — falou Irene certo dia, quando Clare se queixou da partida iminente. — Lembre-se de Margery. Pense em como ela vai ficar contente em ver você depois de tanto tempo.

— Filhos não são tudo na vida — rebateu Clare Kendry. — Há outras coisas no mundo, embora eu admita que tenha gente que não pareça nem suspeitar disso.

E riu. Ao que parecia, o motivo da graça era mais uma piada secreta do que aquilo que dissera.

Irene respondeu:

— Você não está falando sério, Clare. Está apenas tentando me provocar. Sei bem que levo meu papel de mãe de forma responsável. Realmente passo meus dias cuidando dos meninos e da casa. Não consigo evitar. E, na verdade, não acho que isso seja motivo de riso.

Embora estivesse consciente de certa afetação nas palavras e na atitude, Irene não tinha a força ou o desejo de ocultar aquilo.

Clare, de repente muito sóbria e doce, disse:

— Tem razão. Não é engraçado. E não devia provocá-la, Rene. Você é tão boa. — Ela pegou a mão de Irene, apertando-a com afeição. — Não importa o que vier a acontecer, não ache que algum dia vou me esquecer de como você foi boa comigo.

— Ora, que bobagem!

— Ah, mas é verdade. Só ajo dessa maneira porque não tenho nenhuma moral ou ética mais refinada como você.

— Agora está falando besteiras.

— Mas é verdade, Rene — insistiu Clare. — Não percebe que não sou nem um pouco como você? Sou capaz de fazer qualquer coisa, machucar qualquer um, remover qualquer obstáculo do caminho quando quero algo. Rene, eu não me mantenho em segurança.

A voz dela, assim como o olhar, tinha uma franqueza suplicante que deixou Irene um pouco desconfortável. Então disse:

— Não acredito nisso. Em primeiro lugar, o que está dizendo é errado, pérfido. E quanto a você abrir mão das coisas... — Ela parou, sem encontrar uma palavra aceitável que expressasse sua opinião sobre a natureza de Clare de precisar ter muitas coisas.

No entanto, Clare Kendry começara a chorar sonoramente, sem tentar se conter, e Irene não conseguia descobrir o motivo.

Parte Três

Conclusão

UM

O ano caminhava para o fim. Outubro e novembro tinham passado. Dezembro chegou e, com ele, um pouco de neve, e então dias gelados. A neve derreteu e vieram alguns dias amenos e agradáveis que traziam a sensação de primavera.

Aquele clima brando não combinava muito com o Natal, pensava Irene Redfield enquanto saía da Sétima Avenida e entrava em sua rua. Ela não gostava que o tempo estivesse agradável quando deveria estar frio e revigorante ou cinzento e cheio de nuvens, como se estivesse prestes a nevar. O tempo, assim como as pessoas, precisava entrar no espírito da estação. As festas de fim de ano já estavam próximas e, nas ruas por onde passou, corriam regatos de água lamacenta e o sol brilhava tão quente que as crianças tiraram seus gorros e cachecóis. Tudo era agradável, tanto quanto possível, como se fosse abril. O tipo de clima próprio para a Páscoa, não para o Natal.

No entanto, Irene precisava admitir, ainda que relutantemente, que também não se sentia muito no espírito natalino naquele ano. Mas isso, assim como no caso do clima, era algo impossível de evitar. Estava esgotada e abatida. Por mais que tentasse, não conseguia se libertar daquela angústia amorfa, indefinida, que tomara conta dela com uma tenacidade cada vez maior. A caminhada matinal sem rumo pelas fervilhantes calçadas do Harlem, muito tempo depois de ela ter encomendado as flores que usou como pretexto para sair, era mais um esforço para se libertar daquela sensação.

Subiu os degraus cor de creme, entrou na casa e desceu até a cozinha. Teria convidados para o chá. Depois de uma palavra com Sadie e Zulena, sabia que não precisava se preocupar. Ficou agradecida, pois não queria ser perturbada. Então, subiu, livrou-se de suas coisas e se deitou.

Ela pensou: "Que amolação essa gente vindo para o chá!"

Ela pensou: "Quem dera eu pudesse saber de que se trata só do Brasil."

Ela pensou: "Seja o que for, se ao menos eu tivesse certeza do que é, conseguiria dar um jeito."

Era Brian de novo. Infeliz, inquieto, arredio. E ela, que se orgulhava de conhecer o ânimo do marido, suas causas e como remediá-lo, achou inconcebível a princípio — e mais tarde intolerável —, que essa, tão semelhante às demais inquietações dele, fosse incompreensível e insondável para ela.

Ele estava e não estava inquieto. Sentia-se descontente, e, no entanto, havia momentos em que parecia tomado por alguma intensa satisfação secreta, como um gato que roubou um peixe. Ficava irritadiço com os meninos, sobretudo com Júnior, uma vez que Ted, que misteriosamente parecia conhecer os períodos de mau humor do pai, ficava fora do caminho quando possível. Eles o exasperavam, levavam-no a explosões violentas, bem diferentes das usuais observações gentilmente sarcásticas que eram sua forma de disciplinar. Entretanto, andava mais atencioso e abstêmio que de costume. E se passaram semanas desde a última vez que Irene sentira o gume afiado de sua ironia.

Ele era como um homem que marcava a passagem do tempo, aguardando. Porém, o que esperava? Era extraordinário que, depois de todos aqueles anos de percepção aguda, Irene agora não tivesse o talento para descobrir o significado daquela aparente espera. O que a enchia de um pavor agourento era saber que, apesar de toda a observação, de todo o estudo paciente, continuava sem compreender o motivo do humor dele. Para ela, aquela reserva cautelosa parecia injusta, desrespeitosa e alarmante. Era como se Brian tivesse ido para algum lugar além do alcance dela, um local desconhecido e murado, que Irene não tinha como acessar.

Ela fechou os olhos, pensando que bênção seria se pudesse dormir um pouco antes de os meninos chegarem da escola. Irene não conseguiria, claro, apesar de estar bastante cansada, tendo passado tantas noites insones. Noites cheias de questionamentos e premonições.

Mas Irene dormiu — e por muitas horas.

Acordou e viu Brian de pé ao lado da cama a observando, uma expressão imperscrutável nos olhos.

— Devo ter caído no sono — falou ela, vendo um sutil fantasma do antigo sorriso divertido passar pelo rosto do marido.

— São quase quatro horas — disse ele, o que significava, como Irene bem sabia, que ia se atrasar de novo.

Irene conteve a resposta rápida que chegou aos seus lábios e, em vez disso, falou:

— Vou me levantar. Que bom que teve a ideia de vir aqui me ver.

Ela se sentou.

Ele fez uma reverência.

— Sou sempre um marido atencioso, veja bem.

— Verdade. Graças a Deus está tudo pronto.

— Exceto você. Ah, Clare está lá embaixo.

— Clare! Que amolação! Ela não foi convidada. Propositalmente.

— Entendo. Será que um mero homem pode perguntar por quê? Ou o motivo é tão sutilmente feminino que não chegaria a ser compreendido pela mente masculina?

Mais um pouco daquele sorriso. Irene, que começava a deixar de lado parte de seu abatimento diante do gracejo familiar, respondeu, quase contente:

— Nem um pouco. É só que, por acaso, essa recepção é para Hugh, e ele não gosta muito de Clare; sendo assim, eu, como anfitriã, não a convidei. Não podia ser mais simples. Podia?

— Não. É tão simples que consigo enxergar além dessa simples explicação e supor que Clare provavelmente jamais concedeu a Hugh a atenção e a admiração que ele considera como um direito seu. É a coisa mais simples do mundo.

Irene exclamou, perplexa:

— Ora, achei que gostava de Hugh! Você não acredita, não pode acreditar em uma coisa tão idiota!

— Bom, Hugh pensa que é Deus, sabe.

— Isso não é verdade — declarou Irene, saindo da cama. — Você, que conhece Hugh e leu os livros dele, devia saber que ele se considera muito melhor que Deus. Ao lembrar a péssima opinião que ele tem do Senhor, não vai cometer esse erro tolo de novo.

Ela entrou no closet e, ao voltar, pendurou o vestido no encosto de uma cadeira e pôs os sapatos ao lado, no chão. Depois se sentou diante da penteadeira.

Brian não respondeu. Continuou de pé ao lado da cama, parecendo não olhar para nada em particular. Com certeza não olhava para ela. Verdade, seus olhos estavam voltados para a esposa, mas algo naquele olhar fazia Irene sentir que, naquele momento, ela não era mais do que um vidro para o marido. Olhava o quê? Ela não sabia e não conseguia adivinhar. Isso a deixava desconfortável, aborrecida.

Então disse:

— É que, por acaso, Hugh prefere mulheres inteligentes.

Brian nitidamente tomou um susto.

— Então você acha Clare burra? — perguntou ele, olhando para a esposa com as sobrancelhas erguidas, o que dava ênfase à descrença da voz.

Irene tirou o creme frio do rosto, antes de responder:

— Não, não acho. Ela não é burra. Na verdade, é muito inteligente de um jeito puramente feminino. A França do século XVIII seria um ambiente maravilhoso para ela, assim como o antigo Sul, caso não tivesse cometido o erro de nascer negra.

— Entendi. Inteligente o bastante para usar um corpete apertado e fazer reverências para pretendentes que sussurram elogios e catam lenços caídos no chão. Que bela imagem. Mas acho as implicações um pouquinho desleais.

— Bom, nesse caso, só posso dizer que entendeu errado. Não há maior admiradora de Clare do que eu, pelo tipo de inteligência que tem, assim como pelas qualidades decorativas. No entanto, ela não é... não está... não tem... Ah, não sei explicar. Pense em Bianca, por exemplo. Ou, para ficarmos dentro da raça, em Felise Freeland. Aparência *e* inteligência. Inteligência de verdade, que se sustenta por conta própria diante de qualquer um. Clare tem lá sua astúcia, de um tipo que também é útil. Gananciosa. Mas ela faria um homem como Hugh morrer de tédio. Mesmo assim, achei que nem Clare seria capaz de ir a uma festa sem ser convidada. É típico dela, porém.

Por um instante, houve silêncio. Irene terminou de pintar o arco brilhante e vermelho dos lábios carnudos. Brian foi até a porta. A mão estava na maçaneta.

Ele disse:

— Desculpe, Irene. A culpa é minha. Ela pareceu tão magoada por ter sido excluída que falei que, com certeza, você tinha esquecido de convidá-la e que ela podia ficar.

Irene protestou:

— Mas Brian, eu... — E parou, espantada com a raiva violenta que se incendiou nela.

A cabeça de Brian se voltou com um espasmo. As sobrancelhas se arquearam com surpresa.

A voz de Irene, percebeu ela, *realmente* ficara estranha. Mas teve uma sensação instintiva de que aquele não foi o único motivo da atitude do marido. E aquele leve movimento, encolhendo os ombros. Não era como um homem se preparando para receber um soco? O medo era como uma lança vermelha de terror saltando no coração dela.

Clare Kendry! Então era isso! Impossível. Não podia ser!

No espelho diante dela, Irene viu que Brian continuava observando a esposa com aquele ar de leve perplexidade. Ela baixou o olhar para os vidrinhos e frascos na penteadeira e começou a mexer neles com os dedos um pouco trêmulos.

— Claro — disse ela, com cuidado. — Fico feliz que tenha feito isso. E apesar do que acabei de falar, Clare melhora qualquer festa. Afinal, é tão bonita.

Quando olhou de novo, a surpresa tinha sumido do rosto de Brian e a atitude dele já não era de expectativa.

— Sim — concordou ele. — Bom, acho que vou descer. Um de nós tem que estar lá embaixo, imagino.

— Tem razão. Um de nós tem que estar lá.

Ela ficou surpresa pela voz ter saído inalterada, mesmo com o coração apertado, como estava desde que aquele medo amorfo e vago crescera e se transformara subitamente em um pânico lancinante.

— Vou estar lá embaixo antes que perceba — prometeu.

— Muito bem. — Ainda assim, permaneceu parado. — Tem certeza? Tem certeza de que não se importa de eu ter convidado Clare? Quer dizer, não se importa muito? Agora vejo que devia ter falado com você antes. Devia ter confiado que as mulheres têm um motivo para tudo.

Ela fingiu olhar para ele, conseguiu sorrir, e virou o rosto. Clare! Que coisa asquerosa!

— É verdade, elas sempre têm, não é? — respondeu Irene, fazendo esforço para manter a voz casual. Dentro de si, ela experimentava a rigidez de um sentimento, não ausente, mas reprimido. E essa rigidez crescia, inchava. Por que ele não ia embora? Por quê?

Brian, enfim, abriu a porta.

— Você vai demorar? — perguntou, admoestado.

Ela balançou a cabeça, incapaz de falar, pois havia algo obstruindo sua garganta. A confusão em sua mente era como o bater de asas. Atrás de si, ouviu o suave impacto da porta se fechando depois de o marido sair, e soube que ele tinha descido. Para encontrar Clare.

Por um longo minuto, ficou sentada, imóvel e rígida. O rosto no espelho desapareceu de seu olhar, manchado por aquilo que tão subitamente passava por sua mente, ainda tentando entender o acontecido. Impossível para ela pôr aquilo em palavras ou dar contornos, pois, levada por algum impulso de autoproteção, rejeitou de imediato a expressão exata.

Irene fechou os olhos, que não queriam enxergar, e cerrou os punhos. Tentou não chorar. Mas os lábios se comprimiram e não houve esforço capaz de impedir as lágrimas quentes de fúria e de vergonha que brotaram de seus olhos e escorreram pelo rosto; então, deitou o rosto nos braços e chorou em silêncio.

Quando teve certeza de que o pranto chegara ao fim, secou as lágrimas mornas que restavam e se levantou. Depois de molhar o rosto com água fria e refrescante e de aplicar cuidadosamente uma borrifada de colônia, voltou ao espelho e se observou com seriedade. Satisfeita por não haver vestígios que denunciassem o choro, passou um pouco de pó de arroz em sua face branco-escura e, mais uma vez, a examinou com cuidado e com uma espécie de desprezo sarcástico.

— Acho — confidenciou ela ao espelho — que você foi um pouco... ou melhor, muito tola.

Lá embaixo, o ritual do chá a ocupou por alguns momentos, o que, Irene decidiu, foi uma bênção. Não queria momentos vagos em que a mente voltaria ao horror que ainda não tinha coragem para encarar. Servir chá de modo adequado e gentil exigia uma espécie de atenção equilibrada.

Na sala ao lado, um relógio soou. Uma única batida. Cinco e quinze. Só isso! E, no entanto, no breve espaço de meia hora, sua vida inteira havia mudado, perdido a cor, a intensidade, o sentido. Não, refletiu, não foi isso que aconteceu. A vida ao redor dela, aparentemente, continuava a mesma de antes.

— Ah, sra. Runyon... Que bom ver você. Dois?... Mesmo?... Que ótimo! Sim, acho que terça está excelente...

A vida continuava exatamente a mesma de antes. Apenas Irene mudara. Saber, esbarrar naquilo, a transformou. Era como se, na longa escuridão de uma casa, um fósforo tivesse sido acesso, revelando formas medonhas onde antes só havia sombras.

Conversa, conversa, conversa. Alguém faz uma pergunta. Ela levantou os olhos com um sorriso que lhe pareceu rígido.

— Sim... Brian o trouxe no ano passado do Haiti. Terrivelmente esquisito, não? E é *maravilhoso* ao seu próprio modo hediondo.... Praticamente nada, creio. Uns poucos centavos....

Hediondo. Um grande cansaço tomou conta dela. Mesmo o mínimo esforço de servir chá em finas xícaras antigas parecia demais para Irene. No entanto, continuou servindo. Repetiu seu sorriso. Respondeu perguntas. Deu início a conversas.

Ela pensou: "Eu me sinto como a pessoa mais velha do mundo carregando o maior fardo de uma vida inteira pela frente."

— Josephine Baker?... Não, nunca vi... Bom, pode ser que estivesse interpretando um papel em *Shuffle Along* quando vi, mas, se estava, não me lembro dela.... Ah, mas você está enganada!... Realmente acho Ethel Waters excelente...

Houve os familiares sons de colheres tilintando contra a porcelana frágil, os sons suaves e fluidos de conversas inconsequentes, que se desintegravam, se amalgamavam, pontuadas de vez em quando por pequenos risos. Em grupos irregulares, soando a nota exata de desarmonia, a desordem no salão, que Irene mobiliara com uma frugalidade que quase era recato, fazia os convidados se moverem com aquela leve familiaridade que tornava uma festa bem-sucedida. No chão e nas paredes, o sol descendente formava longas e fantásticas sombras.

Tão parecida com tantas outras festas que ela dera. E tão diferente. Mas Irene ainda não deveria pensar naquilo. Teria tempo para isso depois. Todo o tempo do mundo. Por um segundo, sua mente compreendeu o que aquelas palavras pressagiavam. Tempo com Brian. Tempo sem ele. Aquilo passou, deixando no lugar um impulso quase incontrolável de rir, de gritar, de arremessar coisas. De repente, ela queria chocar as pessoas, machucá-las, fazer com que a percebessem, fazer com que tomassem consciência de seu sofrimento.

— Olá, Dave... Felise... Suas roupas são o desespero de metade das mulheres do Harlem... Como consegue?... Lindo. É Worth ou Lanvin?... Ah, só um Babani...

— Só — confirmou Felise Freeland. — Mas deixe isso para lá, Irene, seja o que for. Você está parecendo o segundo coveiro de *Hamlet*.

— Ora, obrigada, Felise. Não estou nos meus melhores momentos, é verdade. É o clima, acho.

— Compre um vestido caro, querida. Sempre ajuda. Sempre que fico triste, um dinheiro sai do bolso do Dave. Como estão os meninos?

Os meninos! Por um raro momento, ela se esquecera deles.

Irene respondeu que eles estavam bem. Felise murmurou algo sobre como isso era ótimo e disse que precisava se apressar, pois viu que, surpreendentemente, a sra. Bellew estava sentada sozinha e que tentara falar com ela em particular a tarde toda.

— Quero convidá-la para uma festa. A moça não está deslumbrante hoje?

Estava. Irene não se lembrava de algum dia tê-la visto mais bela. Usava um vestido cor de canela bastante simples, mas que realçava toda sua vívida beleza, e um pequeno chapéu dourado. No pescoço, levava um cordão de contas de âmbar que facilmente seria seis ou oito vezes maior a um que Irene tinha. Sim, Clare estava deslumbrante.

O murmúrio da conversa seguia seu fluxo. A lareira ardia. As sombras ficaram mais longas.

Do outro lado da sala, estava Hugh. Irene esperava que não o estivessem aborrecendo demais. Ele parecia, como sempre, um pouco distraído, entretido e cansado. E, como sempre, gravitava diante da prateleira de livros. Mas ele não estava, percebeu Irene, olhando para o livro que havia pego. Em vez disso, seus baços olhos castanhos estavam fixos em algo do outro lado do salão. Havia neles certo escárnio. Bom, Hugh jamais gostou de Clare Kendry. Por um minuto, Irene hesitou, depois virou a cabeça, embora soubesse o que prendia o olhar de Hugh. Clare, que de repente nublara todos os seus dias. Brian, o pai de Ted e Júnior.

O rosto de marfim de Clare estava de seu modo habitual, belo e terno. Ou quem sabe hoje um pouco mais mascarado, misterioso, sem se deixar alterar nem perturbar por qualquer emoção interna ou externa. O rosto de Brian parecia a Irene vazio e digno de pena. Ou talvez estivesse como sempre fora. O olhar meio apagado de quem busca algo sempre estivera ali? Estranho que agora não soubesse, não conseguisse lembrar. Então Irene o viu sorrir, e o sorriso deu a todo o rosto uma aparência de avidez e brilho. Movida por alguma necessidade interna de se manter leal a si mesma, desviou o olhar.

Mas apenas por um momento. E, quando observou de novo, achou que aquele olhar era o mais melancólico e o mais irônico que já vira no rosto do marido.

Nos quinze minutos seguintes, ela se comprometeu a ir jantar na casa de Bianca Wentworth na rua 62, com Jane Tenant na esquina da Sétima Avenida com a rua 105, e com os Dashield no Brooklyn, tudo na mesma noite e quase no mesmo horário.

Ah, bem, que importância aquilo tinha? Agora não pensava em absolutamente nada e a única coisa que sentia era uma fadiga enorme. Diante de seus olhos exaustos, Clare Kendry falava com Dave Freeland. Trechos da conversa deles, na voz rouca da mulher, flutuaram até ela:

— ... sempre o admirei... tanto sobre você muito tempo atrás... é o que todo mundo diz... só você... — E coisas assim.

O sujeito estava em êxtase com as palavras dela, embora fosse casado com Felise Freeland e autor de romances que o revelavam como um homem perspicaz e dono de uma ironia devastadora. E, ainda assim, se deixava levar por aquela bobajada! E tudo porque Clare tinha um truque de mover suas pálpebras de mármore, cobrindo os assombrosos olhos negros, e depois erguê-las subitamente com um sorriso enternecedor. Homens como Dave Freeland se deixavam levar por isso. E Brian.

Seu cansaço mental e físico diminuiu. Brian. O que aquilo tudo significava? Como afetaria ela e os meninos? Os meninos! Irene teve um momento de alívio. A sensação refluiu e desapareceu. Seguiu-se um sentimento de irrelevância absoluta. Na verdade, Irene não importava. Para Brian, ela era apenas a mãe de seus filhos. Só isso. Sozinha não era nada. Pior. Era um obstáculo.

A raiva ferveu dentro dela.

Escutou um barulho. No chão aos pés dela, estava uma xícara estilhaçada. Manchas escuras se espalhavam pelo tapete brilhante. A conversa parou por um momento; depois, prosseguiu. Diante dela, Zulena juntava os fragmentos brancos.

A voz contida de Hugh Wentworth chegou até Irene como se ele estivesse longe, embora ela soubesse que, por algum milagre, o homem estava ao seu lado.

— Desculpe — falou. — Devo ter esbarrado em você. Sou mesmo um trapalhão. Por favor, não me diga que a xícara era inestimável e insubstituível.

Doía. Deus do céu! Como doía! Mas não podia pensar nisso agora. Não com Hugh sentado ali murmurando desculpas e mentiras. O significado das palavras dele, o poder de seu discernimento, despertou nela uma necessidade de ser cautelosa. Seu orgulho se rebelou. Maldito Hugh! Ela teria que fazer algo sobre aquilo. Naquele momento. Parecia que não tinha como impedir que ele soubesse. Era tarde demais para isso. Mas podia impedir que ele soubesse que ela sabia, e assim o faria. Irene podia, suportaria aquilo. Era preciso. Havia os meninos. O corpo inteiro dela ficou tenso. Naquele segundo, percebeu que conseguiria suportar tudo, desde que ninguém soubesse que ela precisava suportar algo. Doía. Dava medo, mas ela podia suportar.

Ela se virou para Hugh. Balançou a cabeça. Ergueu olhos escuros inocentes que encontraram os pálidos olhos preocupados dele.

—Ah, não — protestou ela —, você não esbarrou em mim. Ponha a mão no peito, jure sobre seu túmulo, e conto para você o que aconteceu.

— Feito!

— Você viu aquela xícara? Bom, sorte sua. Era a coisa mais feia que seus ancestrais, os encantadores Confederados, tinham. Esqueci há quantos milhares de anos aquela coisa pertenceu ao irmão de um tataravô do Brian. Mas ela tem, ou teve, uma história venerável e antiga. Foi trazida para o norte de metrô. O que quero dizer, porém, é que nunca consegui inventar um jeito de me livrar dela até cinco minutos atrás. Tive uma inspiração. Era só quebrá-la e estaria livre dela para sempre. Tão simples! E jamais me ocorreu.

Hugh fez que sim com a cabeça e seu gélido sorriso se espalhou pelo seu rosto. Será que ela conseguira convencê-lo?

— Mesmo assim — disse Irene com um ligeiro sorriso que, ela sabia, não parecia nem um pouco forçado —, estou disposta a aceitar que você assuma a culpa e admita ter esbarrado em mim no momento errado. Para que servem os amigos, se não for para ajudar a suportar nossos pecados? Quando eu contar para Brian, a culpa será sua, sem dúvida.

"Mais chá, Clare?... Não tive nem um minuto para conversar com você... Sim, uma bela festa... Vai ficar para o jantar, espero... Ah, que pena!... Terei que ficar sozinha com os meninos... Eles vão ficar tristes. Brian tem uma consulta ou algo assim... Belo vestido... Obrigada... Bom, até mais; nos vemos em breve, espero."

O relógio soou. Uma. Duas. Três. Quatro. Cinco. Seis. Será que só tinha se passado, será que podia só ter se passado, pouco mais de uma hora desde que ela descera para o chá? Uma breve hora.

— Você tem que ir?... Até mais... Muito obrigada... Bom ver você... Sim, na quarta... Mande um beijo para Madge... Desculpe, mas estou com a agenda lotada na terça... Ah, mesmo?... Sim... Até mais... Até mais...

Doía. Doía muito. Mas não importava, desde que ninguém soubesse. Desde que tudo pudesse continuar como antes. Desde que os meninos estivessem em segurança.

Doía.

Mas não importava.

DOIS

as importava. Importava mais do que qualquer coisa jamais havia importado.

Que desgosto que o único medo, a única incerteza, que ela já sentira, o desejo de Brian de ir para outro lugar, tivesse se reduzido a uma banalidade infantil! E que, ao mesmo tempo, tivessem também sido igualmente reduzidas a coragem e a determinação com que ela havia enfrentado aquilo. As visões e os perigos que percebia agora faziam com que Irene se retraísse. Tentava evitar desesperadamente a informação que fizera surgir aquele tumulto dentro de si, que ela não tinha forças para moderar ou para acalmar. Quase conseguiu.

Pois, raciocinou ela, o que havia, o que tinha acontecido, para demonstrar que ela estava ao menos em parte correta quanto ao que a atormentava? Nada. Não vira nada, não ouvira nada. Não havia fatos ou provas. Estava simplesmente se deixando arruinar por uma suspeita infundada. Foi o tipo de situação em que, ao procurar um problema, acabou encontrando um. Só isso.

Confiando que não sabia de nada, Irene redobrou seus esforços para tirar da cabeça esse pensamento aflitivo sobre lealdades rompidas e confianças traídas, que surgia a cada vez que via Clare ou Brian. Não podia, não iria passar mais uma vez pela agonia dilacerante que acabava de deixar para trás.

Irene disse a si mesma que precisava ser justa. Durante todo o casamento, jamais teve o menor motivo para suspeitar de qualquer infidelidade do marido, nem mesmo um flerte sério. Se ele teve — e ela duvidava disso — seus momentos de conduta errática fora de casa, ela não sabia. Por que presumir o contrário agora? E com base em nada mais concreto do que uma ideia que lhe ocorreu por ele ter dito que convidou uma amiga, uma amiga dela, para uma festa na casa que também era dele. E em um momento em que estava, provavelmente, mais adormecida do que acordada. Como poderia acreditar que Brian era culpado sem que nada tivesse sido feito ou dito, ou sem que nada tivesse ficado para ser feito ou dito? Como ela pôde estar tão pronta a renunciar a toda a confiança que tinha no valor da vida em comum deles?

E se, por acaso, houvesse algo pequeno? Bom, o que isso poderia significar? Nada. Havia os meninos. Havia John Bellew. Pensar neles lhe dava um pequeno alívio. Mas ela não encarou o futuro de frente. Queria não sentir nada, não pensar em nada; queria acreditar que tudo não passava de uma invenção tola de sua cabeça. No entanto, não conseguia. Não exatamente.

O Natal, com sua irrealidade, sua pressa febril, sua falsa alegria, chegou e foi embora. Irene estava grata pela confusa agitação do período. As irritações, as multidões, as fúteis e insinceras repetições de cordialidades a mantiveram afastada da contemplação de sua crescente infelicidade.

Também ficou grata pela ausência prolongada de Clare que, após John Bellew retornar de uma longa estada no Canadá, se recolhera à sua outra vida, remota e inacessível. Porém, com os muros da prisão dos pensamentos de Irene, colidia a ideia que tanto tentava evitar: de que, mesmo ausente, Clare Kendry continuava presente, por perto.

Brian também havia se recolhido. A casa contava apenas com sua presença física e continha seus pertences. Ele ia e vinha com a irregularidade e a ausência costumeira de ruídos. Sentava-se diante dela à mesa. Dormia ao lado dela à noite. Mas estava distante e inacessível. Não fazia sentido fingir que era feliz, que as coisas continuavam como sempre tinham sido. O marido estava infeliz e as coisas não eram como antes. No entanto, ela garantiu a si mesma, isso não se devia necessariamente a nada que envolvesse Clare. Era, poderia ser, outra manifestação do antigo desejo dele.

Porém, Irene realmente queria que fosse primavera, que fosse março, para Clare navegar para longe de sua vida e da de Brian. Embora tivesse quase chegado a acreditar que não havia nada além de uma generosa amizade entre os dois, já estava farta de Clare Kendry. Queria se livrar dela e de suas idas e vindas furtivas. Ah, se algo acontecesse, algo que fizesse John Bellew decidir partir antes da hora, ou que tirasse Clare de lá. Qualquer coisa. Ela não se importava com o que pudesse ser. Mesmo que fosse o fato de Margery, filha de Clare, ficar doente ou mesmo à beira da morte. Nem que fosse Bellew descobrir que...

De repente, sua respiração se acelerou. Por um longo tempo, ficou sentada, olhando para as mãos sobre o colo. Estanho, nunca tinha percebido como seria fácil tirar Clare de sua vida! Bastava contar a John Bellew que a esposa dele... Não. Isso não! Mas e se, de algum modo, o homem ficasse sabendo das visitas da esposa ao Harlem...? Por que ela deveria hesitar? Por que poupar Clare?

Porém, rejeitou a ideia de revelar ao marido branco de Clare Kendry qualquer coisa que o levasse a suspeitar que a esposa era negra. Ela não iria escrever isso, nem contar por telefone, nem pedir a alguém que fosse passar a informação para ele.

Irene estava presa a duas lealdades diferentes e, no entanto, iguais. Ela mesma. Sua raça. Raça! Aquela coisa que era um vínculo e que a sufocava. Independente do que fizesse, ou mesmo se não fizesse nada, algo seria esmagado. Uma pessoa ou a raça. Clare, ela própria ou a raça. Ou, quem sabe, as três coisas. Nada, ela imaginou, poderia ser mais irônico.

Sentada sozinha na silenciosa sala de estar à agradável luz da lareira, Irene Redfield desejou, pela primeira vez na vida, não ter nascido negra. Pela primeira vez, sofreu e se rebelou por ser incapaz de deixar de lado o fardo da raça. Bastava, ela chorou em silêncio, sofrer como mulher, como indivíduo, por conta própria, sem ter que sofrer também pela raça. Era uma brutalidade, e imerecida. Claro, ninguém é tão amaldiçoado quanto os filhos negros de Cam.

Contudo, a fraqueza dela, seu modo de se encolher, sua própria incapacidade de contornar aquilo, não impedia que desejasse ardentemente que, de alguma maneira que não dependesse dela, John Bellew descobrisse. Não que a esposa era miscigenada — Irene não desejava isso —, mas que ela passava todo o tempo que ele estava fora da cidade no Harlem negro. Apenas isso. Bastaria para se ver livre de Clare Kendry para sempre.

TRÊS

omo se suas preces fossem atendidas, no dia seguinte, Irene se viu frente a frente com Bellew.

Ela fora ao centro de Manhattan com Felise Freeland para fazer compras. O dia estava excepcionalmente frio, com um vento forte que deixou o rosto macio e dourado de Felise de um vermelho empoeirado, e encheu de umidade os olhos castanhos suaves de Irene.

De braços dados e cabeças baixas contra o vento, elas saíram da avenida para entrar na rua 57. Uma súbita rajada lançou as duas com inesperada rapidez na esquina e elas colidiram com um homem.

— Perdão — disse Irene, rindo, e, ao olhar para cima, viu o rosto do marido de Clare Kendry.

— Sra. Redfield!

Ele tirou o chapéu e estendeu a mão, com um sorriso simpático.

No entanto, o sorriso sumiu de imediato. Surpresa, incredulidade e — seria aquilo compreensão? — passaram pelo rosto dele.

Irene se dera conta da presença de Felise, dourada, com cabelos crespos e escuros de negra, cujo braço ainda estava preso ao dela. Tinha certeza, agora, da compreensão no rosto do homem, enquanto ele olhava mais uma vez para ela e de novo para Felise. Havia também desgosto.

No entanto, não recolheu a mão estendida. Não imediatamente.

Irene, porém, não estendeu a mão para cumprimentá-lo. Por instinto, ao primeiro olhar de reconhecimento, seu rosto se tornou uma máscara. Ela o encarou com uma incompreensão total, um pouco como se estivesse lhe fazendo uma pergunta. Vendo que o sr. Bellew continuava com a mão estendida, ela dirigiu a ele o olhar frio de julgamento que reservava aos galanteadores, e continuou andando com Felise.

A amiga falou pausadamente:

— Ah! Andou se passando por branca, não foi? Bom, acho que estraguei tudo.

— Sim, talvez sim.

— Ora, Irene Redfield! Você fala como se isso fosse muito importante. Desculpe.

— Eu me importo, mas não pelo motivo que imagina. Acho que nunca na vida fingi ser branca, exceto por conveniência, em restaurantes, teatros, coisas assim. Nunca socialmente. Exceto uma vez. Você acabou de conhecer a única pessoa para a qual me disfarcei de branca até hoje.

— Lamento muitíssimo. A mentira tem perna curta e tudo o mais. Conte-me tudo.

— Bem que eu queria. Você acharia divertido. Não posso, contudo.

A gargalhada de Felise era tão languidamente indiferente quanto sua voz fria.

— Será possível que a honestíssima Irene tem… Ah, olhe só aquele casaco! O vermelho. Não é um sonho?

Irene pensava: "Tive minha chance e não aproveitei. Só precisava apresentá-lo a Felise casualmente como o marido de Clare. Só isso. Idiota. Idiota."

Aquela lealdade instintiva com a raça. Por que não conseguia se libertar dela? E por que deveria incluir Clare nisso? Clare, que demonstrara tão pouca consideração por ela e pelos seus. O que Irene sentia, mais do que ressentimento, era um desespero aborrecido por não ter conseguido modificar seu comportamento nesse aspecto, por não conseguir separar os indivíduos da raça, por não conseguir dissociar a si mesma de Clare Kendry.

— Vamos para casa, Felise. Estou tão cansada que poderia cair dura.

— Mas não vimos metade das coisas que tínhamos planejado.

— Eu sei, só que está frio demais para ficar zanzando pela cidade toda. Se quiser, pode continuar, claro.

— Acho que vou fazer isso, se não se importa.

E agora Irene se deparava com outro problema. Precisava contar a Clare sobre o encontro que teve com seu marido. Alertá-la. Mas como? Fazia dias que não se viam. Escrever era arriscado, assim como telefonar. E, ainda que fosse possível entrar em contato com ela, do que adiantaria? Se Bellew não tivesse concluído que cometera um equívoco, se estava certo sobre a identidade dela — e ele não era burro —, contar a Clare não evitaria os resultados do encontro. Além disso, era tarde demais. O que quer que estivesse à espera de Clare, já havia acontecido.

Irene tinha consciência de um sentimento de gratidão e alívio com a ideia de que provavelmente se livrara de Clare sem ter precisado mexer um dedo ou pronunciar uma palavra sequer.

No entanto, pretendia contar a Brian sobre o encontro com John Bellew.

Isso, porém, parecia impossível. Estranho. Alguma coisa a segurava. Toda vez que estava prestes a dizer: "Encontrei o marido de Clare na rua hoje. Tenho certeza de que ele me reconheceu, e Felise estava comigo", não conseguia ir em frente. Soava demais como o alerta que ela queria dar. Nem mesmo na presença dos meninos durante o jantar Irene conseguiu proferir aquela simples frase.

A noite se arrastou. Por fim, desejou boa-noite a todos e subiu, sem pronunciar aquelas palavras.

Ela pensou: "Por que não contei a ele? Por quê? Se isso virar um problema, jamais vou me perdoar. Vou dizer assim que tiver uma chance."

Ela pegou um livro, mas não conseguiu se concentrar na leitura, de tão oprimida que estava por um presságio sem nome.

E se Bellew se divorciasse de Clare? Ele podia fazer isso? Havia o caso Rhinelander. Mas em Paris, essas coisas eram muito fáceis. Se ele se divorciasse dela... Se Clare ficasse livre... De tudo que poderia acontecer, essa era a opção que ela menos queria. Precisava afastar essa possibilidade de sua cabeça. Precisava!

Então logo surgiu um pensamento que Irene tentou afugentar. E se Clare morresse? Nesse caso... Ah, aquilo era maldade. Pensar, desejar aquilo! Sentiu-se tonta e nauseada. O pensamento, entretanto, permaneceu com ela. Irene não conseguia se livrar dele.

Ela ouviu a porta da rua abrir e fechar. Brian tinha saído. Virou o rosto para o travesseiro para chorar, mas as lágrimas não vieram.

Ficou deitada ali, acordada, pensando no passado. No namoro, no casamento, no nascimento de Júnior. Na época em que compraram a casa em que viveram por tanto tempo e foram tão felizes. Na época em que Ted passou pela crise de pneumonia e os dois souberam que ele ia sobreviver. E em outras memórias doces e dolorosas que jamais voltariam.

Acima de tudo, Irene havia desejado e se esforçado para manter a agradável rotina sem perturbações. E agora Clare Kendry entrara em sua vida e, com ela, trouxera a ameaça da instabilidade.

— Meu Senhor — orou Irene —, fazei com que março chegue rápido.

Pouco depois, ela dormiu.

QUATRO

A manhã seguinte trouxe uma nevasca que durou o dia inteiro.

Depois do café da manhã, que transcorreu quase em silêncio completo e que ela ficou feliz por ter terminado, Irene Redfield se deixou demorar um pouco no vestíbulo, observando os flocos macios que caíam e flutuavam. A mulher os via preencher algumas irregularidades feias deixadas por pedestres apressados quando Zulena foi até ela, dizendo:

— O telefone, sra. Redfield. É a sra. Bellew.

— Anote o recado, Zulena, por favor.

Embora tenha continuado a olhar pela janela, Irene agora já não via nada, trespassada como estava pelo medo — e pela esperança. Teria algo acontecido entre Clare e Bellew? Se sim, o quê? Será que por fim estaria livre da dolorosa ansiedade das últimas semanas? Ou haveria mais? E ainda pior? Ela teve um momento de dúvida em que pareceu que o melhor seria correr atrás de Zulena e ouvir por si mesma o que Clare tinha a dizer. Mas esperou.

Ao voltar, Zulena informou:

— Ela disse, senhora, que conseguirá ir hoje à noite à casa da sra. Freeland. Estará aqui entre oito e nove horas.

— Obrigada, Zulena.

O dia se arrastava para seu fim.

No jantar, Brian falou amargurado sobre um linchamento que soube pelo jornal vespertino.

— Pai, por que só lincham gente de cor? — perguntou Ted.

— Porque eles odeiam os negros, filho.

— Brian! — A voz de Irene era uma súplica e uma censura.

Ted disse:

— Ah, e por que odeiam os negros?

— Porque têm medo deles.

— Mas o que leva as pessoas a ter medo dos negros?

— É que…

— Brian!

— Aparentemente, filho, este é um tema que não podemos abordar no momento sem incomodar as mulheres da família — disse ele ao menino com uma seriedade zombeteira. — No entanto, continuaremos quando estivermos sozinhos.

Ted assentiu com sua seriedade cativante.

— Entendi. Talvez a gente consiga conversar amanhã no caminho para a escola.

— Vai ser ótimo.

— Brian!

— Mãe — falou Júnior —, é a terceira vez que você diz "Brian" desse jeito.

— Mas não será a última, Júnior, não se preocupe — falou o pai.

Depois de os meninos subirem, Irene disse suavemente:

— Eu prefiro, Brian, que você não mencione linchamentos na frente de Ted e Júnior. Foi realmente indesculpável abordar uma coisa dessas durante o jantar. Eles vão ter tempo de sobra para saber desses atos horrorosos quando forem mais velhos.

— Você está enganada! Se forem viver neste país, como está tão determinada a fazer que aconteça, é melhor que saibam o quanto antes o tipo de coisa que terão que enfrentar. Quanto antes souberem, mais preparados estarão.

— Discordo. Quero que os dois tenham uma infância feliz e sem saber desse tipo de coisa até quando for possível.

— Que louvável — respondeu Brian com sarcasmo. — É louvável, quando levamos tudo em conta. Mas será que é possível?

— Claro que sim. Se fizer sua parte.

— Bobagem! Você sabe tão bem quanto eu, Irene, que é impossível. De que adiantou tentar impedir que conhecessem a palavra "crioulo" e suas conotações? Eles descobriram, não foi? E como? Porque alguém chamou o Júnior de "crioulo sujo".

— Mesmo assim, você não deve falar com eles sobre o problema racial. Não aceito isso.

Eles trocaram olhares.

— Vou dizer algo, Irene, e preste atenção: eles precisam saber dessas coisas. Tanto faz se vai ser agora ou depois.

— Não precisam! — insistiu ela, fazendo força para controlar as lágrimas de raiva que ameaçavam cair.

Brian rosnou:

— Não entendo como alguém tão inteligente quanto você pode se mostrar tão burra nesse assunto.

Ele olhou para ela intrigado e intimidado.

— Burra! — gritou ela. — Você me acha burra por querer que meus filhos sejam felizes? — Os lábios dela tremiam.

— Se isso significa evitar que estejam devidamente preparados para a vida e colocar em risco a felicidade futura deles, sim. E eu ficaria com a sensação de não ter cumprido com minha obrigação como pai caso não conversasse sobre o que os dois vão enfrentar mais à frente. É o mínimo que posso fazer. Queria tirá-los desse inferno anos atrás. Você não deixou. Desisti da ideia, porque você fez objeções. Mas não espere que eu abra mão de tudo.

Açoitada por aquelas palavras, Irene ficou em silêncio. Antes de qualquer resposta lhe ocorrer, Brian tinha se virado e saído da sala.

Sentada ali na sala de jantar vazia, inconscientemente apertando as mãos sobre o colo, Irene foi tomada por tremores. Pois, para ela, havia algo de sinistro na cena que acabara de ter com o marido. As últimas palavras dele — "Não espere que eu abra mão de tudo" — ficavam se repetindo na cabeça dela. O que significavam? O que poderiam significar? Clare Kendry?

Sem dúvida, Irene estava enlouquecendo de medo e suspeitas. Ela precisava se acalmar. Precisava! Onde estava todo aquele autocontrole, aquele bom senso de que tanto se orgulhava? Se, em algum momento, eles seriam úteis, era agora.

Clare logo estaria ali. Ela devia se apressar ou poderia se atrasar de novo, e aqueles dois iam esperar no andar de baixo juntos, como tinham feito desde a primeira vez, que agora parecia tão distante. Será que fora mesmo em outubro? Ela se sentia anos, não meses, mais velha.

Melancólica, Irene se levantou da cadeira e subiu para começar a se vestir para sair quando, na verdade, preferiria ficar em casa. Durante o processo, ela se perguntou, pela centésima vez, por que não contou a Brian sobre o fato de ela e Felise terem encontrado Bellew no dia anterior, e, pela centésima vez, se esquivou de admitir a verdadeira razão para não compartilhar a informação.

Quando Clare chegou, linda em um vestido de noite vermelho brilhante, Irene não tinha terminado de se arrumar. Mas seu sorriso mal hesitou enquanto cumprimentava a amiga, dizendo:

— Falam por aí que os negros estão sempre atrasados e, no meu caso, é verdade, não? Nem esperávamos que você conseguisse ir. Felise vai ficar muito feliz. Você está linda.

Clare beijou o rosto da amiga, parecendo não perceber uma leve contração.

— Também não fazia ideia se conseguiria, mas Jack teve que ir para a Filadélfia de última hora. Então, aqui estou eu.

Irene levantou os olhos, um fluxo de palavras em seus lábios.

— Filadélfia. Não é muito longe, não é? Clare, eu...?

Ela parou, uma das mãos agarrada à borda do banquinho, a outra pousada na penteadeira. Por que não foi adiante e contou a ela sobre o encontro com Bellew? Por que não conseguia?

Clare, porém, não percebeu a frase inacabada. Apenas riu e disse baixinho:

— Para mim, é longe o suficiente. Qualquer lugar que seja longe de mim é longe o suficiente. Não sou exigente.

Irene passou uma das mãos pelos olhos para não ver o próprio rosto acusador no espelho. Com uma parte do cérebro, ela se perguntava há quanto tempo tinha aquela aparência, exausta, abatida e, sim, assustada. Ou seria só imaginação?

— Clare, você já parou para pensar o que significaria se ele descobrisse?

— Sim.

— Ah, pensou! E considerou também o que faria nesse caso?

— Sim.

Tendo dito isso, Clare Kendry deu um sorriso que surgiu e logo desapareceu, deixando intocada a seriedade de seu rosto.

O sorriso e a resolução silenciosa daquela única palavra encheram Irene de um medo primitivo e paralisante. As mãos dela estavam dormentes, os pés pareciam gelo, o coração tinha o peso de uma pedra. Até mesmo a língua pesava como algo morto. Houve longos espaços entre as palavras enquanto perguntava:

— E o que você faria?

Clare, que estava afundada em uma poltrona macia, o olhar distante, parecia absorta em algum pensamento bom e impenetrável. Para Irene, sentada ereta esperando, passou-se um tempo interminável antes de ela voltar ao presente e responder com calma:

— Faria aquilo que quero fazer mais do que tudo no momento. Viria morar aqui. No Harlem, digo. E então poderia fazer o que quisesse no momento em que quisesse.

Irene se inclinou para a frente, fria e tensa.

— E Margery? — Sua voz era um sussurro tenso.

— Margery? — repetiu Clare, deixando os olhos flutuarem pelo rosto preocupado de Irene. — Veja, Rene. Se não fosse por ela, já teria me mudado. Ela é o que me segura. Mas se Jack descobrir, se nosso casamento acabar, posso ir embora. Não?

O tom gentil e resignado dela, o ar de candura inocente, pareceu espúrio para a ouvinte. Irene foi tomada por uma convicção de que aquelas palavras eram um alerta. Lembrou-se de que Clare Kendry sempre pareceu saber o que os outros estavam pensando. Os lábios que ela comprimia ficaram mais firmes e inflexíveis. Bom, dessa vez, ela não saberia.

Irene pediu:

— Desça e converse com Brian. Ele está irritado.

Embora estivesse determinada a não deixar que Clare soubesse de seus pensamentos e temores, as palavras brotaram antes mesmo que ela pensasse. Era como se tivessem saído de uma camada externa de indiferença sem qualquer relação com seu coração torturado. E foram, percebia Irene, exatamente as palavras que deveria ter dito para atingir esse propósito.

Pois, enquanto Clare se levantava e saía, Irene viu que aquele arranjo era tão bom quanto o plano inicial dela de manter a mulher esperando ali em cima enquanto se vestia — ou talvez até melhor. Aquilo seria apenas uma irritação e um incômodo. E o que importava se os dois passassem uma ou várias horas sozinhos, agora que tudo tinha acontecido entre eles?

Ah! A primeira vez que ela se permitira admitir que tudo havia acontecido, que não se forçou a acreditar, a esperar, que nada irreversível tivesse se passado! Bom, acontecera. Ela sabia, e sabia que sabia.

Ficou surpresa ao descobrir que o pensamento, a admissão do fato, não a deixou mais magoada ou mais preocupada do que estivera durante o frenesi para escapar da ideia. E a ausência de uma dor lancinante e insuportável lhe pareceu injusta, como se estivesse sendo negado a ela um intenso consolo que o sofrimento por saber de tudo deveria lhe trazer.

Será que ela tinha suportado tudo que uma mulher era capaz de suportar em termos de tormento, humilhação e medo? Ou ainda não atingira o apogeu de seu sofrimento?

— Não, não! — negou ela, ferozmente. — Sou humana, como todo mundo. Estou apenas cansada, exausta, a ponto de não conseguir sentir mais nada.

Porém, Irene não acreditava de verdade nisso.

Segurança. Será que era apenas uma palavra? Se não, seria possível chegar a ela sacrificando outras coisas, como felicidade, amor ou algum êxtase selvagem jamais conhecido? E será que um esforço exagerado, uma fé enorme na segurança e na estabilidade tornavam alguém inapto para essas outras coisas?

Irene não sabia, não conseguia se decidir, embora por um longo tempo tenha ficado sentada, tentando compreender. No entanto, apesar do esforço para entender e da sensação de frustração, sabia que, para ela, a segurança era a coisa mais importante e desejada da vida. Não a trocaria por qualquer uma das outras coisas — nem mesmo por todas juntas. Ela só queria estar tranquila. Só queria, sem se machucar, ter permissão para dirigir a vida de seus filhos e do marido na direção daquilo que era o melhor para eles.

Agora que se livrara do fardo, que chegara a parecer a culpa de saber, que havia admitido aquilo que descobrira havia tanto tempo por algum sexto sentido, podia voltar a fazer planos. Podia pensar em formas de manter Brian ao seu lado e em Nova York. Porque ela não iria para o Brasil. Ela pertencia àquela terra de torres altas. Era americana. Crescera nesse solo e não permitiria que suas raízes fossem arrancadas. Nem por Clare Kendry, nem por uma centena de Clare Kendrys.

Também era a terra de Brian. Ele tinha um dever para com ela e com os meninos.

Era estranho que, naquele momento, Irene não conseguisse saber com certeza se tinha conhecido o amor algum dia. Nem mesmo com Brian. Ele era seu marido e o pai de seus filhos. Mas era algo além disso? Em algum momento ela quis mais do que isso ou tentou que fosse mais do que isso? Naquele momento, achava que não.

No entanto, pretendia ficar com ele. Os lábios que ela pintara havia pouco se estreitaram em uma fina linha. Verdade, Irene deixou de tentar acreditar que ele e Clare se amavam e não se amavam. Ainda assim, pretendia se agarrar às aparências de seu casamento, para manter uma vida estável, certa. Levada ao extremo limite da desagradável realidade, sua natureza meticulosa não recuou. Era melhor, muito melhor, compartilhar Brian do que perdê-lo. Ah, ela podia fazer vista grossa, se necessário. Podia suportar. Podia suportar qualquer coisa. E março estava aí. Março e a partida de Clare.

De modo terrivelmente nítido, ela via agora a razão de seu instinto de negação — ou melhor, omissão — durante o encontro com Bellew. Se Clare estivesse livre, tudo poderia acontecer.

Ela parou de se vestir por um instante, percebendo com clareza a verdade sombria que vira em Clare Kendry desde aquela tarde de outubro e para a qual a própria Clare a alertara certa vez — de que conseguia o que desejava por satisfazer a grande condição para a conquista: o sacrifício. Se quisesse Brian, Clare não se deixaria dissuadir pela falta de dinheiro ou por sua condição. Era como ela havia dito, apenas Margery a impedia de jogar tudo para o alto. E se as coisas saíssem do controle... Mesmo que ela estivesse apenas alarmada, que apenas suspeitasse que isso estava prestes a ocorrer, qualquer coisa podia acontecer. Qualquer coisa.

Não! A todo custo, Clare não devia saber do encontro com Bellew. Nem Brian. Isso só deixaria mais fragilizado seu poder de mantê-lo.

Os dois jamais ficariam sabendo por Irene que ele estava prestes a suspeitar da verdade sobre a esposa. E ela faria qualquer coisa, arriscaria qualquer coisa, para impedir que o marido descobrisse a verdade. Que sorte teve ao obedecer ao instinto e omitir o fato de que reconheceu Bellew!

— Você alguma vez já foi até o sexto andar, Clare? — perguntou Brian parando o carro e descendo para abrir a porta para elas.

— Ora, claro! Moramos no décimo sétimo.

— Mas a pergunta é se você já fez isso movida pela energia crioula.

— Essa é boa! — Clare riu. — Pergunte a Rene. Meu pai era zelador, sabe, mas isso foi antes de todo o cortiço ter elevador. Mas você não está querendo dizer que a gente precisa subir as escadas. Aqui?

— Sim, aqui. Felise mora no último andar — disse Irene a ela.

— Por que diabo alguém faria isso?

— Acho que ela mencionou que isso afugenta visitantes ocasionais.

— Provavelmente tem razão. Mas cria problemas para ela também.

Brian falou:

— Sim, um pouco. Mas ela diz preferir a morte ao tédio.

— Ah, um jardim! E que bonito. Está com a neve intocada!

— Verdade, não? Mas preste atenção ao andar com esses sapatos finos. Você também, Irene.

Irene caminhava ao lado deles na passagem de cimento que dividia em duas partes a brancura do jardim. Sentiu algo no ar, algo que tinha ocorrido entre os dois e que voltaria a acontecer. Era como uma pressão sobre ela. Em um furtivo olhar, viu Clare segurando o outro braço de Brian. Ela o observava com aquele jeito provocativo, e os olhos dele fitavam o rosto dela com algo que pareceu a Irene uma expressão de ávido desejo.

— É essa a entrada, acho — informou ela aos dois com o tom de voz quase normal.

— Cuidado — disse Brian a Clare —, não vá desistir antes do quarto andar. Eles se recusam a carregar alguém por mais de dois lances de escada.

— Não seja bobo! — disse Irene.

A festa começou alegre.

Dave Freeland estava em um de seus melhores momentos, brilhante, falando com clareza e perspicácia. Felise também estava divertida e menos zombeteira do que o normal, uma vez que gostava dos poucos convidados, cerca de uma dúzia, que pontilhavam a longa e desarrumada sala de estar. Brian, porém, estava sarcástico, suas observações mais afiadas do que de costume, mesmo para ele. E havia Ralph Hazelton, jogando coisas absurdamente brilhantes no meio da conversa, que os outros, inclusive Clare, pegavam e voltavam a lançar com novos enfeites.

Apenas Irene não estava feliz. Ela se sentou quase sem falar, sorrindo de vez em quando, para parecer que se divertia.

— Qual é o problema, Irene? — perguntou alguém. — Fez uma promessa de não rir nunca ou algo assim? Você está mais sóbria do que um juiz.

— Não. É só que vocês são tão inteligentes que fico sem palavras, completamente atordoada.

— Não é de surpreender — observou Dave Freeland — que esteja à beira das lágrimas. Não lhe deram nada para beber. O que quer?

— Obrigada. Se tenho que beber algo, quero um copo de refrigerante de gengibre com três gotas de uísque. O uísque primeiro, por favor. Depois o gelo e, por fim, o refrigerante.

— Nossa! Não vá tentar preparar isso sozinho, Dave, meu amor. Chame o mordomo — ironizou Felise.

— Sim, faça isso. E o lacaio também.

Irene riu um pouco, depois disse:

— Está um calor terrível aqui. Vocês se importariam se eu abrisse a janela?

Ao dizer isso, ela abriu um dos janelões de que os Freeland tanto se orgulhavam.

A neve tinha parado duas ou três horas antes. A lua acabava de nascer e lá adiante, depois dos arranha-céus, umas poucas estrelas começavam a surgir. Irene terminou de fumar seu cigarro e o arremessou, observando a pequena chama cair devagar até o chão branco lá embaixo.

Alguém na sala ligou o fonógrafo. Ou seria o rádio? Ela não sabia qual dos dois detestava mais. E ninguém estava ouvindo aquele alarido. A conversa e as risadas não paravam por um minuto. Por que precisavam fazer mais barulho?

Dave levou a bebida para ela.

— Você não devia — disse ele — ficar parada aqui assim. Vai pegar um resfriado. Venha e converse comigo. Ou então apenas me ouça tagarelar.

Pegando o braço dela, Dave atravessou a sala com Irene. Os dois tinham acabado de achar um lugar para se sentar quando a campainha soou e Felise pediu que o marido fosse atender à porta.

No momento seguinte, Irene ouviu a voz dele no vestíbulo, displicentemente educada:

— Sua esposa? Lamento. Receio que o senhor esteja enganado. Quem sabe na próxima...

Logo depois escutou o troar da voz de John Bellew acima de todos os outros ruídos da sala:

— Eu *não* estou enganado! Estive nos Redfield e sei que ela está com eles. É melhor sair do caminho se quiser evitar encrenca.

— O que foi, Dave? — Felise foi apressada até a porta. Brian fez o mesmo. Irene o ouviu dizer:

— Eu sou Redfield. Que diabo, qual é o problema com você?

Bellew, porém, não prestou atenção nele. Forçou passagem para entrar na sala e foi andando na direção de Clare. Todos olharam para ela, que se levantou da cadeira, recuando um pouco diante da aproximação do marido.

— Então, você é mesmo uma crioula, uma maldita crioula suja!

A voz dele era um rosnado e um gemido, uma expressão de fúria e dor.

Estava uma confusão. Os homens haviam se adiantado. Felise pulou para se colocar entre eles e Bellew, falando:

— Cuidado. Você é o único branco aqui. — E o tom gelado de sua voz, assim como as palavras, era um alerta.

Clare ficou perto da janela, serena, como se não estivessem todos olhando para ela com espanto e curiosidade, como se toda a estrutura de sua vida não estivesse estilhaçada em fragmentos diante de seus olhos. Parecia que não se dava conta de qualquer perigo ou que não se importava. Havia até mesmo um sutil sorrisinho nos lábios carnudos e vermelhos, assim como um brilho no olhar.

Foi aquele sorriso que deixou Irene louca. Ela disparou pela sala, o terror mesclado com a ferocidade, e pôs a mão no braço nu de Clare. Um pensamento a dominava: ela não podia deixar que Bellew repudiasse Clare. Não podia deixar que a mulher ficasse livre.

Diante delas estava John Bellew, sem palavras em sua dor e fúria. Depois, o pequeno grupo de pessoas, com Brian um passo à frente.

Irene Redfield jamais se permitiu lembrar o que aconteceu a seguir. Nunca com clareza.

Em um momento, Clare estava lá, algo vital e brilhante, como uma chama vermelha e dourada. No momento seguinte, havia partido.

Houve um arquejo de susto e horror e, por cima desse, outro som que não era exatamente humano, como de um animal agonizante.

— Neguinha! Meu Deus! Neguinha!

Pés apressados em frenesi desceram a longa escada. Portas distantes bateram. Vozes foram ouvidas.

Irene ficou para trás. Ela se sentou e permaneceu imóvel, observando uma ridícula gravura japonesa no outro lado da sala.

Acabou! O rosto branco macio, os cabelos brilhantes, a perturbadora boca escarlate, os olhos sonhadores, o sorriso encantador, toda a graciosidade torturante que Clare Kendry foi um dia. Aquela beleza que dilacerou a plácida vida de Irene. Acabou! A ousadia irônica, a pose de coragem, os trinados de sua gargalhada.

Irene não estava triste. Estava espantada, quase incrédula.

O que os outros pensariam? Que Clare caiu? Que deliberadamente se inclinou para trás? Com certeza uma dessas opções. Não...

Mas não deveria pensar nisso, Irene alertou a si mesma. Estava cansada e chocada demais. De fato, as duas coisas eram verdade. Sentia-se profundamente esgotada e estava aturdida. No entanto, seus pensamentos continuaram. Se ela ao menos pudesse esgotar seu vigor mental assim como o corporal; se pudesse se livrar da visão de sua mão no braço de Clare!

— Foi um acidente, um acidente terrível — murmurou ela. — *Só isso.*

Pessoas subiam as escadas. Pela porta aberta, os passos e as vozes pareciam cada vez mais perto.

Ela logo se levantou e foi em silêncio até o quarto, fechando a porta depois de entrar.

Seus pensamentos estavam acelerados. Deveria ter ficado? Deveria ir lá fora encontrar os outros? Mas haveria perguntas. Ela não havia pensado neles, no que viria depois, *nisso*. Não havia pensado em nada naquele súbito momento de ação.

Estava frio. Calafrios gelados percorreram suas costas, a nuca e os ombros nus.

Ouviu vozes na sala lá fora. A voz de Dave Freeland e outras que não reconheceu.

Será que devia colocar o casaco? Felise desceu sem se agasalhar. Os outros também. Inclusive Brian. Brian! Ele não podia ficar resfriado. Irene pegou o casaco dele e deixou o dela. Na porta, parou por um momento, ouvindo, receosa. Não escutou nada. Nenhuma voz. Nenhum passo. Devagar, abriu a porta. A sala estava vazia. Saiu.

No corredor abaixo, ouviu o som distante de passos subindo degraus, de uma porta se abrindo e fechando, e de vozes ao longe.

Ela desceu, desceu, desceu, o grande casaco de Brian em seus braços trêmulos e arrastando a bainha em cada degrau em que passava.

O que ela devia dizer quando enfim acabasse de descer aquela escada infinita? Ela deveria ter saído correndo quando os outros deixaram o apartamento. Que motivo daria para ter ficado para trás? Nem ela sabia por que fizera aquilo. E o que mais lhe perguntariam? A mão dela indo na direção de Clare. O que diria sobre isso?

Em meio aos devaneios e aos questionamentos, passou pela cabeça de Irene uma ideia tão apavorante, tão horrível, que a mulher precisou se agarrar ao corrimão para não se lançar lá de cima. Um suor frio encharcou seu corpo fremente. Sua respiração se tornou um arfar cortante e doloroso.

E se Clare não estivesse morta?

Sentiu náuseas, tanto pela ideia do glorioso corpo mutilado quanto pelo medo.

Ela jamais soube como conseguiu seguir o restante do caminho sem desmaiar. Mas enfim chegara ao térreo. Ao pé da escada, encontrou os outros, cercados por um pequeno círculo de desconhecidos. Todos falavam aos sussurros ou em vozes chocadas, baixas, adaptadas à atmosfera do desastre. No primeiro instante, ela quis dar meia-volta e subir correndo os degraus. Depois, um desespero calmo tomou conta dela. Irene se preparou, física e mentalmente.

— Irene está aqui — anunciou Dave Freeland.

Ele lhe informou que, tendo notado que apenas ela estava ausente, eles chegaram à conclusão de que a amiga desmaiara ou algo assim e estavam indo ver como estava. Felise, Irene reparou, estava de braços dados com ele, toda a indiferença insolente desaparecera, e o dourado do belo rosto passara para um estranho tom de malva.

Irene não deu indícios de ter ouvido Freeland e foi ao encontro de Brian. O rosto dele parecia envelhecido e alterado, os lábios estavam roxos e trêmulos. Ela teve um grande desejo de consolá-lo, de eliminar como por encanto o sofrimento e o horror que o marido sentia. Mas não tinha como fazer isso, tendo perdido de maneira tão completa o controle sobre a mente e o coração dele.

Ela gaguejou:

— Ela está... ela...?

Foi Felise quem respondeu.

— Aconteceu na mesma hora, nós achamos.

Irene lutou contra o choro de gratidão que subiu por sua garganta. Contido, ele se tornou um choramingo, como o de uma criança machucada. Alguém colocou a mão no ombro dela em um gesto tranquilizador. Brian pôs o próprio casaco nas costas da esposa, que começou a chorar violentamente, o corpo se agitando em soluços convulsivos. Ele fez uma leve e rápida tentativa de consolá-la.

— Pronto, pronto, Irene. Não fique assim. Vai ficar doente. Ela... — A voz dele falhou de repente.

Como se de longe, Irene ouviu a voz de Ralph Hazelton:

— Eu estava olhando bem na direção dela. Clare simplesmente caiu e sumiu antes que você conseguisse fazer qualquer coisa. Desmaiou, acho. Meu Deus! Foi tão rápido. A coisa mais rápida que já vi na vida.

— É impossível, estou dizendo! Completamente impossível!

Foi Brian quem falou aquilo. Sua voz era de uma rouquidão enlouquecida, que Irene não reconhecera. Os joelhos dela tremeram.

Dave Freeland disse:

— Só um minuto, Brian. Irene estava do lado dela. Vamos ouvir o que sua esposa tem a dizer.

Ela teve um momento de medo e falta de coragem.

"Meu Deus", pensou ela, orando. "Me ajude."

Um desconhecido, um funcionário de atitude autoritária, falou com ela.

— A senhora tem certeza de que ela caiu? O marido dela não deu um empurrão nem nada do tipo, como o dr. Redfield parece acreditar?

Pela primeira vez, Irene tomou consciência de que Bellew não estava no pequeno grupo que tremia no pequeno vestíbulo. O que aquilo significava? Enquanto começava a pensar, a mente entorpecida, ela foi chacoalhada por outro tremor odioso. Aquilo não! Ah, aquilo não!

— Não, não! — protestou. — Tenho certeza de que ele não fez nada do tipo. Eu também estava lá. Tão perto quanto ele. Ela simplesmente caiu, antes que alguém pudesse impedir. Eu...

Os joelhos trêmulos cederam. Ela gemeu, afundou e gemeu de novo. Em meio ao peso imenso que a fez submergir e afogar, teve uma leve consciência de que braços fortes a levantavam. Depois, tudo ficou escuro.

Séculos depois, ouviu o funcionário desconhecido dizer:

— Morte acidental, estou inclinado a acreditar. Vamos subir e dar outra olhada naquela janela.

POSFÁCIO

Ryane Leão

Descobrir e mergulhar nas palavras de Nella Larsen (1891-1964) me tirou do lugar em diversos sentidos. Imaginei como seria ter lido algo sobre esse assunto durante a adolescência e como isso poderia ter influenciado meu caminho em direção às minhas raízes e à minha compreensão dos arredores. Mas sinto que nunca é tarde quando se trata de resgate ancestral e de ler mulheres com vivências que perpassam minha própria história.

Identidade é um livro cheio de camadas e detalhes, que nos obriga a observar as sutilezas e as brechas. Senti vontade de pegar as linhas com as mãos para ter certeza do que havia por trás delas. Não me surpreende que tenha sido publicado originalmente em 1929, pois mulheres negras estão sempre à frente de seu tempo. Tampouco me surpreende que esta obra seja muito menos conhecida que outros clássicos da época: o apagamento da produção da mulher negra sempre foi algo tão corriqueiro que só em 2018 o jornal *The New York Times* publicou o obituário de Nella, admitindo estar fazendo uma correção histórica com isso. Mas não se apaga Deus, como diz Mc Dall Farra, poeta e intelectual negra do Rio de Janeiro.

O fato é que Nella Larsen escreveu e publicou, no século passado, uma obra carregada de traços biográficos que é também um valioso clássico do período. Vale se aprofundar no movimento cultural *Renascença do Harlem*, no qual o livro de Nella está inserido, tal como buscar mais de autoras negras brasileiras como Beatriz Nascimento, Maria Firmina dos Reis, Geni Guimarães, Cidinha da Silva e Esmeralda Ribeiro. Precisamos beber dessas raízes infinitas para compreender o mundo, participar do levante e gerar estradas. Foi inevitável buscar mais sobre a autora depois da leitura deste romance; tive vontade de convidá-la para tomar um vinho e trocar sobre a vida. A proximidade da identificação move as estruturas de forma estrondosa.

Identidade atravessa raça, classe, cultura e uma porção de coisas mais. Nella Larsen apresenta e trabalha a consciência de cada personagem exposto na obra, nos trazendo reflexões acerca da branquitude e da negritude e suas representações. A autora apresenta uma narradora que tem muito orgulho de quem é, que se vê e se celebra enquanto mulher negra, que faz questão de estar ao lado dos seus e fortalecê-los, que coloca a raça acima de tudo para defender a si e ao seu coletivo, mas que também tem suas contradições.

Há inúmeros estereótipos e padrões construídos para que mulheres negras nunca tropecem dentro de suas subjetividades ou sejam inconsistentes em alguns de seus questionamentos, então, nesse gesto, Nella nos leva a consolidar o não endeusamento — ela abre uma fresta no tempo para que toda e qualquer mulher negra possa somente existir e seguir. Abre-se uma fresta para o crescimento que passeia entre a individualidade e a coletividade.

Eu me vi em Irene Redfield, senti que sua vivência me chamava para dançar, e também achei grandioso como a autora consegue expor especificidades e multiplicidades de mulheres negras sem diminuí-las. Quando a personagem de Clare Kendry é apresentada no desenrolar da história, relembrei de todo o meu processo de embranquecimento e de como ele foi nocivo e caótico. Por alguns anos, pareceu um caminho mais fácil e menos dolorido, embora não tenha sido. O livro é muito mais do que a história de uma mulher negra que se arrisca ao se passar por branca para alcançar certos privilégios e capitais. Os atravessamentos que se desencadeiam dentro da vida dessas mulheres que cresceram juntas na infância e seguiram rumos diferenciados são explorados, especialmente quando as personagens dialogam sobre suas perspectivas e seus caminhos. Um livro curto com profundidades oceânicas.

A consciência do personagem Brian Redfield, marido de Irene, homem negro e médico que sonha em morar no Brasil, mostra uma ausência de patriotismo completamente justificável e ressalta como ele consegue enxergar o território americano com desprezo e o território brasileiro com esperança. É bem antigo o imaginário do Brasil como um país com relações raciais harmônicas e acolhedoras. Infelizmente, não é essa a realidade. Do outro lado, quando nos é apresentada a consciência do marido de Clare, John Bellew, percebemos a personificação do colonizador e notamos como a branquitude é tão ignorante dentro de suas percepções que não se dá conta de que está pisando nos cacos dos próprios espelhos quebrados. John Bellew tapa os olhos com suas mãos brancas e só consegue ver cenários alvos. Toda vez que ele aparece no livro é para representar as estruturas e a estupidez da supremacia branca.

Retomando Irene e Clare, há ainda uma tensão entre elas, algo que caminha entre o afeto lésbico e a admiração mútua, mas que não é desenvolvido no romance. Além disso, a insistência de Clare na amizade das duas também reflete sua vontade de estar próxima dos seus novamente. A ancestralidade sempre nos cruza, hora ou outra. E esse retorno é um convite para recuperar reinados, amor-próprio e levezas tangíveis.

O final do livro traz diversas sensações incômodas. Soa como uma simbologia de que talvez o destino seja mais gentil com quem não nega suas raízes e não afoga sua identidade em areia movediça. Talvez. Talvez seja um direcionamento que relembra que não podemos fugir de nós mesmas. Talvez seja a tristeza da autora quando rememora biograficamente seu apagamento dentro de sua família. Talvez seja uma tentativa de nos mostrar a dor silenciada dentro do peito da personagem. Talvez nos mostre o estrago que a branquitude causa na trajetória de mulheres negras. Talvez seja um lembrete de que devemos permanecer unidas.

Nella Larsen deve ter pensado em quem leria esse livro. Se pessoas brancas o leriam e pensariam em rivalidade feminina. Se pessoas negras o leriam e teriam vontade de se erguer e contar suas histórias. Se, de fato, as pessoas estariam dispostas a enxergar as possibilidades que permeiam as experiências dessas mulheres e daquelas que estão por vir. Se estão dispostas a assumir que mulheres negras são terra fértil, da forma que for. Se estão dispostas a descolonizar o olhar. Se estão dispostas a focar nas pontes, e não nos abismos. Eu estou. Você está?

Ryane Leão é poeta e professora cuiabana que vive em São Paulo. Publica seus escritos na página *Onde jazz meu coração* e recita seus poemas nos saraus e *slams* do Brasil. Seu trabalho é pautado na resistência das mulheres e focado na luta e no fortalecimento pela arte e pela educação. É autora de dois livros, *Tudo nela brilha e queima* (2017) e *Jamais peço desculpas por me derramar* (2019), além de ter participado da antologia *Querem nos calar* (2019), todos publicados pela editora Planeta. É fundadora da Odara — English School for Black Girls, escola de inglês afrocentrado para mulheres negras.

1891-1964

Nella Larsen, *née* Nellie Walker, nasceu em Chicago, no ano de 1891. Sua mãe era imigrante dinamarquesa e seu pai, imigrante do Caribe. Larsen frequentou escolas em comunidades só de brancos até se mudar para Nashville para cursar o ensino médio. Mais tarde, começou a praticar enfermagem, e, de 1922 a 1926, trabalhou como bibliotecária na New York Public Library. Após se demitir deste cargo, começou sua carreira literária ao escrever seu primeiro livro, *Quicksand* (1928), que ganhou a medalha de bronze da Harmon Foundation's. Com a publicação de sua segunda obra, *Identidade* (1929), tornou-se a primeira mulher afro-americana a receber a Bolsa Guggenheim, o que a estabeleceu como principal escritora da Renascença do Harlem. Nella Larsen morreu em Nova York, em 1964.

Este livro foi impresso pela Assahi, em 2020,
para a HarperCollins Brasil. O papel do miolo é
pólen bold 90g/m², e o da capa é cartão 250g/m².